풀리면서 핀다

이춘하 시집

풀리면서 핀다

저 자 | 이춘하
발행자 | 오혜정
펴낸곳 | 글나무
　　　　서울시 은평구 진관2로 12, 912호(메이플카운티2차)
전 화 | 02)2272-6006
등 록 | 1988년 9월 9일(제301-1988-095)

2023년 5월 15일 초판 인쇄 · 발행

ISBN 979-11-87716-77-8 03810

값 10,000원

풀리면서 핀다

이춘하 시집

．
．
．
．
．

2008년에 『결』을 낸 이후에 많은 시간이 흘렀다

그동안에 아이들은 훌쩍 자라 청소년이 되었고
집 앞 어린 산벚나무들은 숲을 이루었다

시의 길을 가다가 그림이라는 꽃밭에서 오래 쉬었다
덕분에 작은(?) 갤러리 하나 우거愚居에 마련하여
'코로나19' 역병의 시대를 버티고 있다

정리 차원에서 제5시집 『풀리면서 핀다』를
세상에 내놓는다

차
례

차례

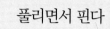

풀리면서 핀다

창가의 괴테

여행 중의 괴테가 친구인 티슈바인의 집 창턱에 기대어
생각에 잠겨 있다

그가 몰입하고 바라보는 창밖의 세상에 무엇이 있었을까

젊은 영혼이라도 걸고서 붙잡아 두고 싶은 순간이 있었
던 걸까 혹시, 작은 참새 새끼 한 마리가 꼼지락거리는 먹이
라도 낚아채려는 순간을 포착한 것은 아니었을까

(창문은 여느 창문마냥 네모지고 방 안은 캄캄한데)

푸르스름한 파스텔톤의 새벽빛 한 오라기 손바닥 위에
올려놓고 대작을 꿈꾸고 있었던 걸까

티슈바인의 초상화 한 점이 순간을 영원히 붙잡아 두고
있다

* 창가의 괴테: 독일 화가 하인리히 빌헬름 티슈바인(1751~1829)의
  1787년 작 수채화

설산雪山, 첼로, 메아리
— 목성에서 날아온 편지

내 기억에 남은 것은 가파른 빙벽 위의 설산과 그 산을
마주하고 타원형으로 깔린 잔디밭과 그 위에 놓인 검은색
의자 하나,

의자 위에는 긴 머리의 여인이 산을 보고 앉아 (얼굴은
보이지 않고) 제 키만큼한 첼로를 켜고 있었다는 것뿐인데

아니, 다시 생각해 보니

그녀의 상의가 빨강이었다는 것과 첼로 소리에 맞춰 설
산이 움찔움찔 움직였다는 것,

그리고 또, 메아리 소리에 화답이라도 하듯 산꼭대기의
눈가루가 조금씩 흘러내렸다는 것,

더 중요한 것은 눈가루가 흘러내리면서 빙벽 사이로 하
얀 길을 만들었다는 것,

그런 풍경들이 내 마음에까지 와 닿았다는 것,

그런 느낌들이 꼭 목성에서 날아온 한 통의 편지 같았다
는 것,

안녕하세요, 고갱 씨*

고갱 씨!

당신을 만나려고 서울시립미술관에 갔어요

타히티에서의 당신 그림 속에 빠져서 시간을 잊었답니다

늦가을 해 질 무렵의, 한바탕 비바람이 지나갔네요

푸르스름한 파스텔 톤의 서쪽 하늘이 열리고 은회색 자작나무는 빈 가지만 남았군요

그렇지,

마을엔 개 짖는 소리조차 들리지 않고 뼛속까지 적요로울 때 저녁 산책을 가서야지요

꽤 날씨가 쌀쌀해졌나 봐요

긴 코트에 목도리까지 두르고서 베레모도 눌러썼네요

그래도 너무 떨리는 가지 마세요

"안녕하세요, 고갱 씨" 하고 마을 끝 집의 마당에서 농부의 아낙이 근심 어린 얼굴로 인사하고 있잖아요

이 그림 앞에서 갑자기 당신을 두고 말한, 반 고흐의 말이 생각납니다

"그는 멀리서 올 사람, 그리고 멀리 갈 사람"이라고요

고갱 씨!

당신은 참, 그립고 쓸쓸한 사람이네요

* 안녕하세요, 고갱 씨 : 1889년에 고갱이 그린 유화

무늬

김장 무를 뽑다가 무의 몸에 새겨져 있는 무늬를 보았다
흙과 돌멩이의 흔적이 거칠면 거칠수록 무의 몸에는 촘
촘하고 선명한 결絜의 무늬가 만들어져 있었다

히말라야 설산이 그림같이 펼쳐진 네팔의 수스타 마을,
설산이 가까울수록 다랭이 논들이 피카소의 그림 같다

(그림 같다란 말은 여행객이나 나그네의 표현기법이긴
하지만)

천국으로 오르는 계단이 그러할까

의료시설이 전무한 그곳에서 상처가 나면 모두가 자연의
무늬로 받아들이는 셀파족, 타밍족, 네와르족은 자연에 순
응하며 제 몸에 무늬를 만들면서 자연의 일부로 살고 있다

모든 무늬는 상처의 흔적으로 남는다

황색 그리스도*

몇천 년을 그렇게 손발이 묶인 채로
몇천 년을 그렇게 나무 십자가에 매달려서
죽지도 않고, 살지도 못하면서
몇천 년을 그렇게 빛으로만 남는 이여
이제는 그만, 그곳에서 내려오시어
이제는 그만, 홀로 걷게 하시고
이제는 그만, 홀로 울게 하소서

* 황색 그리스도: 고갱이 1889년에 그린 유화

풍경

한여름 내내 공원 귀퉁이를 쨍쨍하게 붉음으로 채웠던 맨드라미가 백골이 되어 흰 눈을 이고 있다

머리칼을 휘날리며 억새풀 몇 가닥도 그 옆에서 풍경이 된다

들고양이 한 마리 살풋 풍경 속으로 모습을 숨긴다

폐지 줍는 할머니의 굽은 등줄기에 겨울 햇살이 은전처럼 반짝인다

잎 떨어진 떡갈나무 가지 끝에서 까치 몇 마리 하얀 깃털을 털고 있다

칼레의 시민*

주말 광장에는 칼레의 시민들이 너무 많다

창조주는 모두에게 공평하게 한 개씩의 입을 달아 주었
으니 광장은 소란할 수밖에

주말 서울 광장에서 진정성 있는 여섯 명의 시민들을 그
려 보았다

자루 옷을 입고, 모자는 쓰지 않고, 선글라스도 없이, 목
에는 밧줄을 걸고, 맨발인 채…

비록 창조된 신화이거나 전설이라 해도 좋을 로댕의 청
동 작품 같은 그런 시민은 어디 없을까

* 칼레의 시민: 14세기 중엽 백 년 전쟁 시기에 프랑스 칼레시를 구
  한 6인의 영웅을 기리기 위해 로댕이 조각한 청동상

아바타*

　네 살짜리 아이가 전자 게임기 화면에서 눈덩이를 굴리
고 있다
　아이의 손가락을 따라 눈 뭉치가 점점 커진다

　경쾌한 음악과 함께 눈사람 하나가 나타난다

　노오란 모자에 빨간 장갑을 낀 멋진 녀석이다

　지리산 오지마을, 눈 덮인 대나무 숲에서 페르세우스 별
자리와 마주쳤다
　그중에서 유난히 반짝이는 두 별에게 나의 아바타를 날
려 보낸다
　깜빡깜빡, 무사히 도착했다는 신호가 온다

　잠시 후, 아이의 손가락 끝에서 공중 폭발하는 눈사람

　잽싸게 다음 게임을 준비하는 아이

　화면 가득 눈이 내린다

다시 지리산 대나무 숲, 반짝반짝 은하계에서 신호가
온다

--- 빨. 주. 노. 초. 파. 남. 보 ---

무지개 색깔의 일곱 눈사람을 만들어 놓았다고 사진이
뜬다

세석능선 쪽으로 기울어진 페르세우스, 꼬리가 반만 남
았다

* 아바타: 제임스 캐머런 감독의 영화 名

유체이탈遺體離脫

몸 따로 마음 따로란 말 남의 얘긴 줄 알았는데

어느 때는 지리산 세석능선, 하얀 풀꽃들 무리진 샘터에서 맨발인 채 한 여름 다 보내고

얼마 전에는 바이칼 호수로 가는 자작나무 좁다란 숲길에서 허리까지 차오르는 안개 속에 갇혀 몇 날을 지낸 적도 있었는데

어젯밤엔 갠지스강, 온갖 군상群像들과 섞여 얇고 붉은 꽃잎을 강물에 띄워 보냈는데

오늘은 또 우두커니가 되어 란치아노, 그 기적의 성당 옆 광장 벤치에 앉아 이마가 따끈거리도록 해바라기를 하고 있는 나를 만났다

이런저런 이야기를 듣고 있던 친구가 "그게 유체이탈이라는 거야"라고 귀띔을 해 준다

그렇다면 앞으로 내가 계속해서 유체이탈을 하게 된다면
화성에도 금성에도 갈 수 있다는 말 아닐까 하여

옥수수밭 헬기장

먼-데서 프로펠러 소리가 들리더니 점점 가까워진다

수천, 수만 마리의 벌 떼들이 옥수수밭을 공격한다

B29 편대가 하강하는 것 같다

순식간에, 옥수수밭이 벌 떼들의 헬기장이 되었다

무의식중에 나는, 귀를 막고 밭고랑에 엎드린다

머릿속이 텅 빈 수수깡 같다

초록 잎사귀에 가려진 하늘에 국적 미상의 헬기들이 벌
떼같이 내려앉는다

나는 이미, 죽은 목숨이다

숨을 죽이고 촉각을 곤두세우는데 굵직한 미군의 목소리
가 들려온다

안도감과 함께 식은땀이 흐른다

아직도 나는, 그날의 환청에 시달린다

노르스름한 옥수수꽃들이 웃고 있다

바벨로즈

네가 바다의 별이 된 지 백일째 되는 날 널 만나러 가는 길에 노랑 장미 한 다발을 샀어

이름을 물었더니 바벨로즈라 하더구나

하필이면 바벨로즈, 바벨로즈 하다가 그냥 숨이 막혔어

어쩌다가 구약성서 창세기에 나오는 그 불신不信의 탑塔이 장미의 이름이 되었는지

어쩌다가 어른들의 야만과 부끄러움에 어린 네가 희생 제물이 되어 바다의 별이 되었는지

밤마다 꿈속에서 나는 바벨로즈를 가슴에 안고 너를 찾아 길 떠나야 하는 건지

맨발

싯다르타가 열반에 들었다는 소식을 듣고 수제자 카샤파가 달려와 절하자 관을 뚫고서 맨발 두 짝을 보여 주었다고 들었는데

— 여드레 뒤에 예수께서 제자들에게 나타나시어 "평화가 너희와 함께!"라고 하셨을 때에도 맨발이었지, 아마

미로 같은 골목길을 돌아 대나무 들것에 얹혀서 갠지스 강 화장터로 떠나던 그 사내의 마지막도 맨발이었고

세상의 모든 맨발에는 스쳐 가는 바람 같은 자유와 평화가 넘쳤으니

마음아 천천히, 천천히 맨발로 걸어가자

디레 디레 잘 레 만느

* 디레 디레 잘 레 만느: 인디아 말로 '마음아 천천히 천천히 걸어라'란 뜻

흰말채나무의 몸은 붉다

아파트 단지가 산속까지 밀고 들어오자 마을 뒷산 공동 묘지 자리에다 시민 공원을 만들어 놓고 문화 시민들을 기다리고 있다

맥문동길, 감국길, 쑥부쟁이길을 돌아 흰말채나무 언덕길로 이어지는데

(…)

황량한 시베리아 눈밭에, 눈보라를 일으키며 데카브리스트들의 붉은 말채찍 소리 요란하고
목숨 걸고 뒤따르는 귀부인들의 울부짖음이 말발굽 소리에 나뒹군다

설원에 뿌려지는 선혈의 발자국들, 흰말채나무 언덕길에서 딱 멈춰 서버린

흰말채나무의 몸은 붉다

* 데카브리스트 : 1825년 개혁을 부르짖으며 귀족 청년 장교들이 일으킨 12월(데카브리)의 혁명 당원들. 훗날 서구의 귀족문화를 러시아에 전수해 준 사람들

비교적,

— 비교적, 최선을 다했다고 생각하면서 모하비 사막에
다 쿠론나무를 심는 심정으로 살았어요 — 라고 창백한 그
녀가 말을 이어간다
나는 그냥,
— 모하비 사막에다 쿠론나무를 심다 — 라고 받아 적는
다

아이를 잘 만드는 여자 김영희는 일흔에 사랑이 찾아왔
다고 활짝 웃으면서 고희전 기념 전시회에서 사인회를 하
고 있었다
그녀의 검정색 투피스가 비교적, 잘 어울린다는 생각이
문득 들었다

무화과나무 잎사귀에 소낙비 쏟아진다

— 비교적, 그림이나 소설이 삶에 보탬이 되지 않을까요
— 라고 그녀가 창백하게 말을 뱉는다
나는 그냥,
— 비교적, 모하비 사막에는 시가 더 잘 어울린다 — 라고

받아 적었다

＊쿠론나무: 생명력이 가장 강한 사막의 나무

지혜의 강江

아프리카 어느 외딴 마을 앞으로 작은 강 하나 흐르고 있
다는데

그냥 보기에는 그리 위험해 보이지 않지만, 막상 건너려
면 물살이 거칠어

사람들은 저마다 지혜를 짜내어 무거운 돌이나 물건 등
을 매달고서 건넌다 하여 지혜의 강이라 불린다는데

세상에 어디 건너야 할 강이 그 강 하나뿐이겠는가

베짱이는 베짱이 건너야 할 강이 있을 것이고
소금쟁이는 소금쟁이만이 건너야 할 강이 있듯이
솔로몬에게도 그만의 강이 있었을 터이니

DMZ, 그 가시철망 앞으로도 그런 강 하나 흘러내렸으
면…,

그 강 앞에서 서로 손잡고 지혜로움 한 번 짜내봤으면…,

파장

제주도 남서쪽 먼 해상에서 일으킨 풍랑이 강화도 작은
섬 볼음도 앞까지 밀리어 온다
파장이 길다

건축가 S씨, 못 한 개를 손에 쥐고 긴 침묵으로 공간을 재
고 있다
못 한 개의 파장을 생각하고 있다

인도 서북부 아메다바드는 다닥다닥 붙은 집들과 좁은
골목으로 이어진 평범한 마을이지만 해마다 1월이면 국제
연축제가 열리면서 지상낙원으로 바뀌어진다
바람이 요술을 부려 꿈같은 풍경을 펼치기 때문이다

어젯밤에도 나는 토씨 하나를 붙들고 잠을 설쳤다
…이, …은, …에, …처럼, … 같이, …
토씨 하나가 가져올 말의 파장이 안개 속 같아서

길들여진다는 것

깊이를 알 수 없는 불안과 호기심에 숨을 몰아쉬며 이왕 여기까지 왔는데 하면서 그의 등에 올라앉은 것은 모래바람 거칠게 불어대는 몽골사막 어디쯤에서였다

그의 덩치가 생각보다 크다는 것과 비례하여 내 몸은 너무 작다는 생각이 든 것은 그가 성큼성큼 몇 발자국을 앞으로 내디디면서부터였고

고삐를 잡은 내 손에 하루를 맡긴다는 듯이 그는 묵묵히 앞만 보고 걸었으며 나 또한 그에게 나의 전부를 온전히 맡긴 하루였다

그렇게 우리는 조금씩 서로에게 길들여지면서 일몰 무렵에야 목적지에 닿을 수 있었고 그는 다리를 구부리고 앉아 내가 내리기를 기다려 주었다

그의 담갈색 속눈썹 위에 뽀얗게 쌓인 모래알의 무게만큼의 신뢰로써 우리는 서로에게 길들여졌고 서로를 기다려 주었다

비뚤어진 사과

내 이름은 비뚤어진 사과입니다

그래도 기분은 좋아요

아줌마들이 장 보러 나오면 내 볼을 만지면서 맛있겠다고 나만 찾으니까요

내 고향은 깊은 산골, 앞산과 옆 산에 가려 늦게 해가 뜨고 일찍 해가 지는 비탈진 북향받이의 칠부능선이었어요

어릴 때부터 나는 키를 낮추고 가슴을 활짝 열어 사방으로 가지를 뻗었어요

열매가 맺히면 안간힘 다해 해바라기처럼 목을 돌렸지요

첫서리 내릴 때쯤이면 내 볼은 붉어졌고 내 얼굴은 비뚤어져 있었지요

그래도 나는, 세상에서 내가 제일 자랑스럽습니다

오래된 길 1

길은 꽁무니에다 실꾸리를 매달고서 앞으로 내달리고 싶었던 거다

내달리다 숨차면 언덕에 올라 잠시 쉬었다 가고

강을 만나면 강과 나란히 어깨동무하고 지나온 길들에 대해 도란도란 이야기도 나누면서

건너편 산꼭대기엔 작은 성 하나 쌓아야겠다는 생각도 하면서

밀밭 속에다 비밀스런 길 하나 감추어 두었던 거다

오래된 길을 따라서 가면 오래된 마을이 나오고 오래된 종탑에서는 비둘기들이 알을 깐다

오래된 길은, 거부할 수 없는 유혹으로 다가와 전설로 남은 이야기들을 매혹적인 문양으로 빚어 놓고서 사람들을 부르고 있었다

오래된 길은 모두 그렇게 로마로 이어져 있었다

오래된 길 2

모서리가 다 닳아 한 귀퉁이씩 뭉툭뭉툭 떨어져 나간 검은 돌밭길을 복고풍 쌍두마차를 타고 오래된 길을 달렸다

오래된 길은 그 모습 그대로 그곳에 있었다

길은, 세월이 비껴간 여인처럼 천연덕스럽게 들 양귀비며 토끼풀을 껴안고서 보랏빛 라벤더 향기를 뿌리고 있었다

덜컹거리고 흔들릴 때마다 한 세기가 지나갔다

청회색 올리브나무 이파리들이 쉬었다 가라고 손짓을 한다
마차를 세우고 그녀의 집에 들어갔다

(그녀는 나를 기다리고 있었다 한다)

이미 뜨락에는 장미 넝쿨을 올려놓았고 묵은 포도주도 마련돼 있었다

기다려 준 친구를 위하여, 오래된 길을 위하여 잔을 부딪
쳤다

오래된 길은 모두 그렇게 로마로 이어져 있었다

생의 춤

에드바르 뭉크의 그림에서처럼 생의 춤 한 번 추고 싶다

머리 위로는 하얀 달이 뜨고

멀리 강 건너 해 질 무렵의 노을이 고운

장미랑 라일락 향기 강바람에 실려 오는 초여름 밤

무대 중앙의, 빨간 드레스에 금발인 저 여인은 화려하고
당당해서 왕녀 같고

다소곳이 누굴 기다리는 하얀 드레스에 맨발인 젊은 여
인은 있는 그대로가 그림이 되는

에드바르 뭉크 씨,
자, 내 손을 잡아요
삶의 무거움, 존재의 가벼움 같은 것
오늘 밤엔 저 강물에 던져버리고

달빛을 밟으며 나비처럼 날아오르자구요, 뭉크 씨

* 생의 춤: 에드바르 뭉크(1863-1944)의 그림

아라가야의 홍련

오늘 아침 내 앞에 홀연히 나타난 연꽃 한 송이, 막 피어
나려는 봉오리 두 송이

약간 희미해진 몇 송이의 그림자들, 둥그런 잎사귀에 그
늘져 짙고 옅은

온통 초록인 세상을 배경으로 얼굴 조금 붉히며 다소곳
이 서 있는 맵시가 영락없는 연꽃인데

이들이 700년 전 고려인이 보았다던 아라가야의 홍련,
그 꽃의 씨앗에서 얻었다는 환생의 꽃이라니…

해마다 이맘때쯤 붉은 황톳물에 발 젖던 낙동강 하구 함
안 벌판, 그 연밭에서 잠시 등 구부려

편서풍에 몸 기대려던 순간 그만 무덤 같은 어둠 속으로
떨어진 씨앗 몇 알, 그 긴 잠 속에서

몇백 년 왕조가 무너졌다 하고 공룡 발자국 쫓아 나무뿌

리 풀뿌리들 화석이 된 날 있었으니

　작은 것이 스스로 몸 낮추어 오래 버티는 법 알아 그 무심, 적멸寂滅을 꿈꾸었다니

　어젯밤 내 헝클어졌던 꿈길 부끄러워 묻나니 부디, 깊이 잠드는 법 좀 가르쳐 주면 안 되겠니?

나눌 수 없는 맛

그가 나를 불렀던가, 내가 그에게로 갔던가

보성땅 회천會泉마을에서 오래된 농담처럼 우리는 스며들었고 나눌 수 없는 맛 나누었으니

땅은 발밑에다 물을 모으고 안개 자욱이 이슬을 만드는 곳, 우수에 비 내려 단오에 잎 짙으니 바람과 햇볕만으로도 차나무는 키가 크네

그가 나를 불렀던가, 내가 그에게로 갔던가

솥단지에 찻물 끓으니 세상 모두 무심하네

* 나눌 수 없는 맛: 초의선사의 『동다송』에서 차용함

44

청마 생가에서

　몇 해 전 어느 봄날, 거제시 둔덕면 방하리의 청마 생가에 갔었습니다

　선생은 가까운 바닷가 어디에나 우체국엘 가셨는지 아니 계시고 키 낮은 돌담 밑 우물가에 노오란 수선화만 피어 있었습니다

　잠시, 툇마루에 걸터앉아 젊은 날의 선생을 떠올리는데 그리 머잖은 곳에서 피를 토하듯 열정적인 선생의 굵은 목소리가 파도에 섞여 들려왔습니다

　"파도야 어쩌란 말이냐, 나더라 어쩌란 말이냐, 님은 끄떡도 않는데…"

　맑고 고운 선생의 시어詩語들이 "순정은 물결같이 바람에 나부끼고…" 있었습니다

　몇 떨기 수선화만 그리움으로 남아 있었습니다

가을 편지
—K 선생님께

　시월 초순에 선생님의 고향 통영엘 다녀왔습니다. 마침, 깃발 축제가 한창이라 청마의 시구처럼 "순정은 물결같이 바람에 나부끼고" 있었습니다.

　K 선생님

　그 어느 해였던가요. 청마의 생가 사립문 쪽에서 우두커니 서 계시던 선생님 모습이 어제인 듯한데, 그 집 담 밑에는 집 떠난 주인을 기다리기라도 하는 듯이 철 늦은 상사화만 붉게 피어 있었습니다.

　K 선생님

　남망산이 마주 보이는 곳에 선생님 유품 전시관이 있다기에 찾아가 보았습니다만, 아직은 미완인 채 유칼리나무 몇 그루만 문 앞에 심겨져 있었습니다.

　그때 그날처럼, 바다를 등에 지고 지팡이를 짚은 J 화백이 천천히 천천히 선생님 만나러 오시는 듯해서 아틀리에엘 들렸습니다만, 그곳에는 원색의 미술관이 코발트블루의 통영만을 바라보며 이국적인 모습으로 변하여 나그네를 반겨 주었습니다.

　K 선생님

　미륵산 정상에서 바라보는 한산만은 그야말로 한 폭의

동양화였습니다.

　이 가을, 선생님 계신 그곳에서도 차 한 잔 앞에 놓고 청마, 초정, 윤이상, 박경리 선생님까지 만나셔서 통영만을 그리시며 담소하고 계시리라 믿으며 오늘은 이만, 가을 문안 드렸습니다.

　　　　　　　　　　　　　　　　　공팔 년 가을에

포로수용소에서 역사를 읽다

제2차 세계대전 중 폴란드 홀로코스트 아우슈비츠에서의 유대인 학살 사건은 20세기에 인간이 저지른 가장 잔인한 역사의 상징이었습니다

어느 시인은 역사를 믿지 않는다고 했지만

6.25 전쟁 당시 장진호 전투에서 2,500여 명의 병사들을 잃고서도 장비와 물자를 내리고서 밧줄에 따개비처럼 매달린 7,000여 명의 피란민을 태우고 거제도에 닻을 내린 레인빅토리아호는 가슴 벅찬 인간승리였습니다

나는, 거제도 포로수용소에서 대한민국의 역사를 읽었습니다

고래의 눈물. 아다지오

고래의 눈물을 본 적이 있습니다
그것은 사건이었어요, 우연이었고요

밤바다의 정령들이 멈칫멈칫 춤추듯이 다가오고 있었어요
분명히 그것은 사건이었어요, 정말 우연이었고요

가까이 다가오자 그 물체들은 한 무리의 고래 떼였어요
지극히 경이로운,

꼬리에 꼬리를 물고 빙빙 숨바꼭질하듯 돌고 있었어요
원형의 몸짓이었어요, 흐릿하긴 하였지만
여명의 바다에서 무슨 예식 같은 제전祭典이었어요
슬프디 슬픈 울음소리였어요

떠올랐다 가라앉았다를 반복하다 한 마리가 그만,
긴 울부짖음이었어요, 고래들이 울고 있었어요

아다지오, 칸타타, 흐린 가을날 첼로의 저음 같은
요한 묵시록의 계시啓示 같았어요

있는 그대로의 빛. 조그만 동네
─ 제임스 터렐 씨에게

"벽을 짚고 따라가면 묽은 주황색 빛이 허공에 비친다"

그 빛을 잡고

개미굴에 대하여 궁금해한 적이 있었는데 땅속 어느 지점까지는 희미한 빛의 줄기가 퍼지고 있으리라, 아주 캄캄하지는 않으리라, 촉각이 몸 보다 앞장서서 달리지는 않으리라, 어느 정도의 흐릿함은 스미어 배어 있으리라, 짐작은 했었는데

제임스 터렐 씨,

참, 겉보리 서 말만 있다면 말씀이야, 몽골사막 어디쯤에다 개미굴만 한 왕국 하나 만들 수 있겠는데 말씀이야, 당신의 그 〈로덴분화구〉를 흉내라도 내겠는데 말씀이야, 참, 일곱 가지 색깔의 빛 한 묶음은 잡을 수도 있겠는데 말씀이야,

제임스 터렐 씨,

아무쪼록, 그 분화구에서 빛과 함께 신神과 소통하시기를…, 참,

* 조그만 동네: 제임스 터렐의 빛을 위한 설치미술 名
* 로덴분화구: 애리조나 사막 복판의 제임스 터렐 개인 분화구. 그곳에서 그는 30년째 빛에 관한 작품 활동을 하고 있다고 함

연두

이월과 삼월 사이 봄눈 몇 번 흩뿌렸고 미세먼지 씻기려고 봄비 몇 차례 지나갔다

집 앞 산벚나무는 키가 훌쩍 자랐고 가지 끝에서부터 연두가 다가온다

까치집 주변이 하루가 다르게 또렷해진다

숲속 마을 놀이터에 '바움슐레' 어린이집 아이들이 해바라기를 하고 있다

— 연두야, 그만 집에 가자 오늘 많이 놀았어 —

아쉬워하는 아이를 엄마가 데리고 간다

엄마 손에 끌려가는 아이처럼 연두가 지나간다

*바움슐레: 나무, 숲이란 뜻의 독일어

알렉시스 조르바 씨!

조르바 씨,

당신을 생각하면 내 코끝에선 매캐한 갈탄 냄새가 난답니다

내 귓가에는 자갈밭을 굴러오는 남프랑스 해변의 물소리가 들리고요

내 눈앞에는 당신이 거쳐 온 터키와 그리스의 작은 마을들이 펼쳐진답니다 (육감적인 카페의 여인들과 함께)

오늘 아침에는 문득, 당신을 초대하고 싶다는 생각이 들어서

(초대는 무슨, 개나 물어가라고! 하겠지요)

코리아의 제주라는 섬에 산굼부리라는 꽤 넓은 빈 땅이 있는데요

그곳에서, 한 일 년만 농사를 지어보면 어떨까 하고 (너무 소리 지르지 마세요!)

실은, 조각 같은 당신의 근육질을 훔쳐보면서 끝없는 이야기가 듣고 싶을 뿐이랍니다

물론 밤마다, 당신이 좋아하는 북유럽산 포도주는 준비해 놓을게요

산굼부리에 별이 쏟아지면, 산굼부리에 눈이 내리면, 아

마 당신의 마음도 조금은 흔들릴 거예요

　부디, 큰 새의 부리가 궁금해지기를 바라면서 자유로운
당신 영혼에 신의 축복이 가득하기를 빕니다

　* 알렉시스 조르바: 나코스 카잔차키스의 『그리스인 조르바』에 나오
　　는 주인공

풀리면서 핀다

겨우내 얼어붙었던 땅덩이에 봄 햇살이 내려앉자
가장자리에서부터 녹아들기 시작한다

할머니는 과음으로 몸져누운 아버지를 위해
쌀뜨물에다 된장을 풀고 배추 고갱이를 뜯어 넣어
해장국을 끓이시면서 사람이나 땅이나 뜨거운 것이
들어가야 풀린다고 하셨다

화분에 심어 둔 봉숭아 꽃대에서 먼저 초록빛이
새어 나오더니 실꾸리처럼 둥글게 뭉쳐지면서
점점 부풀어 올라 분홍빛 꽃이 핀다

나의 중심에서 네가 피어나듯이

안고지기

어느 소장가의 책장으로 쓰일 거라는 안고지기를 소목장 박 씨의 공방에서 마주쳤다

검푸른 무늬가 길게 드리워진 물푸레나무에서는 깊은 산속 낙엽으로 감추어진 그늘에서 솟아오르는 샘물의 향이 묻어났다

푸르스름한 날개를 길게 늘어뜨린 큰 새의 뒷등 같은 품새로 앉아 있는 안고지기와 그 책장 속에다 서책을 정리할 소장가를 그려 보다가 문득 내 어머니의 오동나무 이층 농짝에 달려 있는 미닫이문이 떠올랐다

젊은 날 안고지기 앞에서 등 돌리고 앉아 있던 어머니의 베옷 입은 뒤품에서 여인의 한 생이 영상처럼 지나갔다

어머니의 안고지기는 내 어린 날 호기심의 동굴이었다

* 안고지기: 두 짝을 한 데 붙여 여닫게 된 문, 또는 두 짝을 한쪽으로 몰아서 문턱째 열게 된 미닫이

이팝꽃

늦은 봄날, 하얀 이팝꽃이 일가—家를 이루고서 피어 있네

무더기, 무더기로 둘러앉아 얇은 그림자를 만들면서 풀린 실밥처럼 늘어져 있네

구순의 어머니, 컴컴한 부엌 한쪽에서 하얀 쌀밥을 푸고 계시네
열 몇 그릇의 하얀 밥그릇들 동그스름하게 자리를 잡네

(----)

차츰차츰 초록 잎사귀들 두꺼워져 여름길 열리면 그 그림자 붙들고 나는 울 것이네

실밥처럼 풀어져서 하얗게, 하얗게 울 것이네

안개의 성城

며칠째 봄비 내린 후 아침에 아파트 6층까지 짙은 안개가
몰려왔다
　우두커니 그는 물러날 생각이 전혀 없어 보인다
　그렇다면 할 수 없지 절호의 찬스를 쓸 수밖에…,

　— 여기는 알프스의 검은 숲속, 난 지금 안개의 성에 갇힌
공주야 —*

　우리는 서로 마주 앉아 블랙커피를 마시기로 했어

　콜마르, 보텐 호수의 등이 잠깐씩 보이기도 해

　— 성이 조금씩 움직이네…, 가끔씩 놀러 와 멋진 경험이
었어

＊미야자키 하야오 감독의 애니메이션. 〈하울의 움직이는 성〉에서
　차용함

버들치 마을

천지에 꽃물 든 봄날, 광교산 하산길에 버들치 마을이란
팻말이 나왔다
버들치, 버들치— 하고 소리를 내어보니 하아, 나랏 말씀
이 이리도 감칠맛 나다니…,
내친김에 버들치 한번 만나고 싶어졌다

물의 가지를 따라 젖은 길을 내려가니 작은 개울이 나오
고 얕은 물 속에서 어른거리는 물고기와 만났다
옆구리에 널찍한 얼룩무늬가 새겨진 황갈색의 물고기들
이 물장난을 치며 놀고 있었다

아, 버들치! 버들치가 살고 있었구나

너무나 반가워서 한참을 머물며 같이 놀았다

버들치 마을에는 버들치의 집이 있다

나무는 나무끼리

여름 숲속은 컴컴하다

무성한 나무들이 서로 어깨를 부딪치며 하늘을 향해 팔을 뻗고 있다

기도하는 성전 같다

잠시 길을 잃고 두리번거리다가 햇빛 드는 쪽으로 길을 찾는다

나무는 혼자서도 종일 깊은 생각에 잠겨 있다

목이 조금 마른데 소나기는 언제 내릴까 하고 지나가는 구름을 쳐다도 보고

등이 약간 가려운데 다람쥐 친구는 언제쯤 나타날까 궁금해하다가

지난여름에 몰아치던 태풍을 생각하며 뿌리를 단단히 땅속으로 뻗어나간다

늙은 나무는 어린나무를 껴안으며 어서 자라라고 곁자리를 내주며 쓰다듬기도 한다

나무는 나무끼리 뿌리는 뿌리끼리 서로 얽히고설키면서 어울려 살 줄을 안다

해피트리

　여러 가지 가능성을 열어 놓고서 나무 한 그루 심지 않을래요 당신,

　빛과 그림자, 침묵과 고요의 깊이와 맑기를 바란다면 전혀, 모자람이나 넘침을 원치 않는다면

　(해피트리 한 그루 심어보세요)

　행복했던, 행복한, 행복하기 위한, 행복해질 것 같은,

　(----)

　어설픈 수작 그만 부리라는 퉁명스러운 당신,
　세상에 그런 나무가 어딨냐며 절망하는 당신,

　초록의 그 잎사귀에 내려앉는 새벽 달빛과 갈대밭 지나는 바람의 적막한 음률을

　(----)

거칠어진 호흡이 부드러워질 거예요 당신,

구피 이야기

플라스틱 어항 속의 몸집 작은 수컷 구피가 맨드라미 꽃잎 같은

꼬리지느러미를 흔들어대며 배가 불룩한 암컷의 등짝을 슬쩍슬쩍 건드리고 있는데

볼품없는 암놈은 별 관심 없다는 듯 수면 위로 치솟아 작은 공기 방울을 만들고 있는데

(나는 하루에 한 번씩만 먹이를 주고, 심심할 때마다 어항 속을 들여다본다)

어느 날 내가 공룡박물관에 가서 마주친 중생대 백악기의 물고기 화석은, 그 몸통의 크기에서부터 등뼈의 정교함,

꼬리지느러미의 주름살까지도 우리 집 어항 속의 그 구피들인데

그렇다면

일억 몇 천만년 동안의 그 시간들과

일억 몇 천만년 동안의 내 기억들과

일억 몇 천만년 동안의 그 틈새들은 다 어디로 간 것인지,

그냥 바람 몇 점 지나가는 동안에 어리연 몇 송이 피고

졌다고만 할 것인지, 도무지 모르는 이야기다

나무사람

인도네시아 밀림 속에는 나무와 나무 사이에 기대어 나무로 집을 짓고
나무의 몸에서 먹을 것을 구하는 나무사람이 살고 있다

여러 그루의 나무에다 원하는 만큼의 도끼 자국을 내어놓고 도미노게임 하듯이 나무를 쓰러뜨리는 나무사람이 살고 있다

큰 그릇이 필요할 때는 큰 나뭇잎을, 술잔으로는 꽃잎을, 개미를 미끼로 낚시를 하는 나무사람이 살고 있다

집집마다 가장들 목에는 정부에서 하사한 미래의 주택에 입주할 수 있는 꿈의 열쇠 하나씩을 물음표처럼 달고 사는 나무사람이 살고 있다

모란을 그리다

야트막한 토담 아래 구석진 자리에서 왼종일 쪼그리고 앉아 오로지 모란이 피기만을 기다리는 사람, 영랑을 생각하며 모란을 그린다

그의 목마른 기다림을 그린다

그의 처연한 그리움을 그린다

그의 꿈과 조국, 사랑과 설움을 그린다

꽃잎은 뚝뚝 바람에 떨어지고 세상은 꿈같이 흘러가는데

햇살 좋은 오월에는 그 사람 생각을 하며 모란을 그린다

김환기의 그림 속에 이태백의 달이 뜬다

매화 두어 가지 백자 항아리에 길게 걸쳐 놓고 푸른 밤에
기차가 지나간다

칸칸마다 가득가득 꽃송이마냥 사람들이 타고 있다

몸이 붉은 나무는 구름보다 높이 키가 훌쩍 자랐고 푸른
집의 창문마다

불빛이 새어 나온다

통통한 새 두 마리 비행기처럼 날아간다

담장 너머로 복숭아꽃 살구꽃이 머리만 살짝 내밀고

이태백이 놀던 하얀 달이 하늘 높이 둥실 떠오른다

마삭줄

마삭줄이 허공에다 길을 내고 있다

검붉은 사막 거미의 긴 손가락 같은 마삭줄의 몸은 둥글고 작은 초록 잎새를 SOS 치듯이 서로 마주 보게 둘씩 붙이면서 사막 같은 세상 쪽으로 실낱같은 생명줄을 내보이고 있다

가끔은 예멘 난민의 팔뚝에 새겨진 문신 같은, 두고 온 고향이 생각나면

사막에도 물이 흐르듯이 좁쌀만 한 하얀 꽃잎을 허공에다 뿌리기도 한다

마삭줄의 몸은 허공이다

소리가 꽃이 되는

흰나비 한 마리 사뿐사뿐 날아오른다

아쟁이가 애달피 목을 뽑고 피아노의 중저음이 무대에 깔린다

그가, 한쪽 날개를 치켜세워 하늘을 향하더니 얼음장 깨뜨리듯 소리를 지른다

"하얀 꽃 찔레꽃 순박한 꽃…
찔레꽃 향기는 너무 슬퍼요
그래서 울었지 목 놓아 울었지…"*

그의 울음에 매달려서 찔레꽃이 피어나고

그의 날갯짓에 묻어 찔레 향이 퍼져 나간다

순식간에 숨이 멎은 듯 꽃잎이 떨어진다

소리가 꽃이 되는, 봄날은 간다

버틴다는 것

긴 봄날 뻐꾸기가 목소리를 늘어뜨리고서 산 한 채를 온통 흔들고 있다

여름 한낮 악을 쓰며 매미가 울어댄다

비단거미 한 마리 거꾸로 매달려서 외줄을 타고 있다

소리는 소리끼리, 울음은 울음끼리, 몸짓은 몸짓끼리, 서로가 흔들면서 흔들리면서 버티고 있다

당신의 어깨가 무거운 하루를 버티고 있듯이

농부의 휜 등이 저녁의 어둠을 버티고 있듯이

나무는 나무끼리, 뿌리는 뿌리끼리, 뼈는 뼈끼리, 서로 부딪히며 버티고 있다

산다는 것은 그렇게 서로가 서로를 버티어 주는 것

하루를 버티면서 내가 나를 사는 것처럼

수국제水菊祭

연두색 드레스에 새하얀 꽃관을 쓴 유월의 신부가 웃고
있다

청람빛 치마에 모시 적삼을 받쳐 입은 여인이 여름 햇살
속으로 걸어간다

며칠째 쏟아지는 장맛비 속에서 물보라를 일으키며 그녀
가 다가온다

수국水菊

그녀는 카멜레온처럼 제 몸을 바꿔가며 여름을 유혹하고
있다

유월과 칠월 사이의 그녀를 위해 냉커피 한 잔 앞에 놓고
수국제를 지낸다

그녀의 영혼이 차츰 푸른빛으로 몸을 바꾼다

꽃 진 자리

　어디 먼 남쪽 바닷가 작은 섬을 돌아서 온 바람 한 자락이

　붉은 사막 한가운데 목마른 낙타의 울음소리에 묻혀서 날아온 바람 한 자락이

　꽃 진 자리에 잠시 머물다 떠나고

　한 생이 흔들리고

　봄비 내린 뒤 상처 난 그루터기에 연둣빛 잎새 돋아나고

　홍토紅土에 누워서 그늘을 만들고

　또 한 생이 지나가고

라벤더 향기를 맡아 보렴

두 손바닥을 펴서 소중한 것을 감싸듯이 라벤더 잎사귀를 부비다가 코끝으로 가져가 봐

천천히 천천히 숨을 크게 들이켜 쉬어 봐

아무 생각 말고 오감을 풀어 손끝에다 모아 봐

눈을 감고 코를 감싸고서 무아경으로 들어가 봐

이럴 때, 황홀이란 말을 쓰는 거라고 최면을 걸어 봐

같은 동작을 서너 번 반복해 봐

그곳은 이 세상에 없는 그 어느 곳이야

너는 없고, 나도 없고 오직 향기만이 남을 거야

며칠씩 폭우가 쏟아지는 날 라벤더 향기를 맡아 봐

어쩌면, 보라색 그 꽃이 빗줄기 속에서 멈춰 있을지도
몰라

전등사

팔월에 강화도 전등사에 가면 모두 다 시詩가 된다

육백 년 된 은행나무 이끼 낀 옹이에서 시를 만지고

이백 년 된 느티나무 비스듬한 가지 끝에 시가 걸려 있다

산신각 가는 돌계단 옆구리, 엉덩이만 살짝 내밀고 앉아
있는 물빛 산수국 꽃잎 위에서 시를 줍는다

무설당無設堂 갤러리 좁은 문을 밀고 들어서면 마주치는
작은 액자 속에서 시를 읽는다

"달아
나는 이름이 없다
꽃밭에서 나무아미타불
푸른 밤에
나는 새가 된다"

* 갤러리 '무설당' 작은 액자 속에 있는 글을 따옴

76

하오리와 비오리

할머니 할아버지 아들 딸 손자들까지 대가족이 광교 호 숫가 통나무 쉼터에서 사진을 찍고 있다

— 하오리 어디 갔어, 하오리 —

모두들 하오리를 찾고 있는데 꼬리를 흔들면서 강아지 한 마리 뛰어든다

갈대 사이로는 비오리 가족들이 물속에 머리를 넣었다 쳐들었다 둥실둥실 물놀이를 하고 있다

— 저어, 강아지 이름이 특이하네요 — 궁금해서 물었다
— 어느 지인이 얘를 선물로 주었는데 하도 눈이 작아서 버려야 할지, 키워야 할지, 어찌할지, 고민을 하다가 하오리 라 부르기로 했어요 — 한다

비오리 가족들도 큰 눈과 작은 눈 사이에서 가족회의를 하는 걸까 서로 얼굴을 맞댔다 뗐었다를 반복하면서 물살 을 가르고 있다

자메이카의 높새바람

티브이 화면 가득 초록 물결이다

잎 넓은 열대성 나무들이 바람 따라 흔들린다

한 남자가 덩굴식물의 껍질을 벗기고 있다 그 껍질을 삶
아서 숙성시킨 후 음료수로 쓴다고 한다 조상 대대로 이어
온 전통 방식이라며 숙연한 모습이다

언덕 위 낮은 지붕도 나무 껍질이다
나무와 사람이 한 묶음으로 살고 있다
까르르 까르르, 아이들이 들꽃을 따고 있다
아이들이 들꽃이고, 들꽃이 아이들이다

자그마한 아시아계 여자가 환하게 웃고 있다

— 열두 살 때 『자메이카의 높새바람』이란 책을 읽었어
요 그때부터 자메이카에 대한 꿈을 꾸며 자랐어요 이제 내
꿈은 이루어졌어요 — 한다

높새바람이 분다

여자의 머리카락이 흩날린다

시클라멘

천지에 아득히 첫눈이 내리는 날 그녀가 찾아왔다

폭넓은 초록색 스커트에 눈발이 얼룩져 있다

— 어서 와, 이맘때면 꼭 찾아와 줘서 고마워 —

십 년을 하루 같이 우리는 마주 앉아 블랙커피를 마신다

실핏줄을 타고 커피 향이 몸속을 한 바퀴 돈 후 그녀가
말문을 연다

— 세상에는 피가 거꾸로 솟는다는 말이 있잖아, 나를 두
고 하는 말인 것 같아…

— 한 조각 붉은 마음이란 말도 있잖아, 장단을 맞춰 준다

그녀가 다녀간 뒤 수박씨 같은 씨앗 몇 개 받아 화분에
묻었다

붉은 꽃잎을 입에 물고 지중해를 건너뛰어 단숨에 달려
오라고 이름표를 챙겨 둔다

블랙커피를 마시며

아프리카를 마신다

검은 누우 떼들의 날카로운 뿔 끝에 앉은 세렝게티 국립
공원을 마신다

흙탕물 속에서 사냥감을 기다리는 악어 떼의 날카로운
이빨을 마신다

영롱한 눈빛의 검은 아이들, 그 환한 웃음을 마신다

킬리만자로, 팔부 능선에 걸려 있는 무심한 구름을 마신
다

황량한 벌판을 가로지르는 뜨거운 바람을 마신다

걸릴 것 없는 지평선, 그 무한대의 자유를 마신다

블랙커피 한 잔을 앞에 놓고 내가 나를 마신다

용꿈을 꾸다

해남 미황사 대웅전 주춧돌에는 게와 거북이 살고 있다

돌 거북이는 금방이라도 바다로 뛰어들 듯이 머리와 앞 다리 두 개를 쭈욱 빼고서 뒷다리를 내어밀까 말까 망설이는 자세로 엎어져 있는데

수백만 년의 시간이 물결로 부서지고 밀리어 바위는 모래 되고 물고기 산으로 올라 화석 된 날 있었기에

땅끝 마을이 용궁 아니었겠나 싶어

나 또한 미황사 절집에 와서 한 마리 물고기로 태어날 수도 있었겠다 생각되어

야무지게 용꿈 한 번 꾸어 보는 날, 바다가 절집으로 찰랑 찰랑 들어오는 소리

3월, 한라산

줄곧 내가 꿈꾸어 온 계절은 검은 돌담의 장다리밭, 바람
의 눈에도 쉽게 띄지 않을 한 마리 노랑나비의 애벌레였었
지만

훌쩍 떠나와

첫발을 내딛자 이마를 치고 다가온 그녀는 아직도 하얀
모자를 영실靈室에 올려놓은 채 여전히 억새풀 같은 머리칼
을 풀어 헤치고서 관능적인 몸매로 군데군데 오래된 구덕
과 적당한 오름을 숨기며 드러내며 길게 누워 있었어

언제였더라?

어느 언덕에서 바라본 그녀가 가장 아름답다고 했더니
제주 사람 모두는 한목소리로 말하더군

— 우리 집 마당에서 쳐다보는 한라산이 제일 아름다워
요 — 라고

외돌개

다가갈 수도

돌아설 수도 없는 건너편

유채밭 어디쯤에서

어쩌면 너는,

지나가는 바람이었나

월령숲을 지나며

　말라 버린 무명천 다리를 서너 번이나 왔다 갔다 한 후에야 월령숲에 들 수 있었습니다

　'월령'이란 말에 무슨 뜻이 있을까 생각을 하다가 그만, 길을 놓쳤나 봅니다

　이곳 제주에서 흔히 볼 수 있는 화산석이 아닌, 동글동글한 몽돌들이 쫙 깔린 컴컴한 숲속이 약간은 섬뜩했고 약간은 의아스럽기도 했습니다만

　'넘어진 김에 쉬어간다'고 했던가요?

　하루에 50여 리씩 며칠을 걸었더니 우선은, 뜨거운 햇볕을 피할 수 있다는 안도감에 그늘로 뛰어들어 자갈밭에 털썩 주저앉고 말았답니다

　얼마나 시간이 흘렀는지…, 인적 끊긴 숲속이 너무나 적요로워 주위를 둘러보게 되었는데

　거무튀튀한 소나무들이 무슨 초병들처럼 빙 둘러선 사이사이로 팔손이며 호랑가시나무, 콩짜란, 박쥐란, 이끼 식물들이 어느 남국의 식물원에나 온 듯, 뒤틀어진 넝쿨들과 어우러져 오순도순 살고 있었어요

　— 아, 미안, 미처 못 봤어 반가워 — 하고 통성명을 하였더니 다람쥐 몇 마리도 쪼르르 달려오더라고요

— 그래그래, 너희들도 있었구나 안녕 — 했죠

이 숲에 달이 뜨면, 이 숲에 눈이 내리면— 생각을 하면서

월령숲을 지납니다

마라도

가파도 지나 마라도로 들어간 사람,

한 마리 물새가 되었나

가파도 되고 마라도 되는 빚진 사람,

파도가 되었나

가질 것 없고 버릴 것도 없는 마라도에 와서

나는,

세상에서 진 빚 모두 갚는다

손바닥 탁탁 털어 수평선더러 보라고 한다

가파도 지나 마라도에 와서 무소유까지도

두고 간다

박수근. 시장

흰 무명 수건을 쓴 여인들이 함지막을 이고서 양구 장터
로 모여든다

쑥개떡, 감자떡, 도토리묵, 산새알, 말린 나물, 복슬강아
지 두 마리, 코흘리개 아이들도 따라서 나온다

좁쌀 몇 됫박, 검정 고무신, 울릉도 호박엿도 빠지지 않는다

도란도란, 수군수군, 왁자지껄, 장터가 어우러진다

순댓국, 파전, 막걸리 몇 사발에 초가지붕 위에 박꽃 피듯
웃음꽃이 피어난다

고등어자반, 마른오징어, 새우젓 독에서 먼 바다 냄새가
새어 나온다

시오리 산길을 돌아 염소 새끼 한 마리도 끌려서 나왔다

이 마을, 저 마을, 소식들 나누고 웃고 근심하고 하루가
다 간다

내일은 화천장, 모래는 철원장, 글피는 영월장…, 장돌뱅
이들의 셈이 끝나면 파장이다

정선장, 모란장, 안성장, 구례장…, 마디미 장날은 4일과
9일이다

* 마디미장: 경남 창원에 있는 필자의 고향장

박수근. 빨래터

봄볕 좋은 날 강원도 양구 박수근 생가터에 가면 미술관 가운데로 도랑물 졸졸 흘러내리고 선생은, 산벚꽃 그늘에서 마냥 평안하시다

내 그림 속 빨래터엔 젊은 날 우리 어머니, 울퉁불퉁한 뒷갱변* 자갈밭에다 열 몇 식솔들의 빨랫감 펼치시어 르네 마그리트, 살바도르 달리, 피카소 등의 파격적인 모자이크 무늬 속에 때로는 내가 좋아하는 모딜리아니의 목이 긴 여인도 끼워 주시는데 이제 어머니, 주남저수지 감나무 요양원에서 감꽃이 피었는지 감이 익는지 여엉 감을 잡지 못하시고

박수근 미술관 빨래터 그림 속엔 졸졸 도랑물 소리 들리지 않고 내 그림 속 빨래터에도 목이 긴 여인은 없다

* 박수근(1914-1965): 강원도 양구 출신의 화가
* 뒷갱변: 마을 뒤편의 큰 냇가, 경남 창원 지방의 방언

박수근. 고목과 아이들

아이들은 늘 고목 아래에서 놀았다

고목도 늘 아이들과 같이 놀았다

아이들이 없으면 고목은 심심하다

고목이 없으면 아이들도 심심하다

작은 새들처럼, 아이들은 늘 고목이 그리웠다

고목도 늘 아이들을 기다렸다

아이들이 고목 속으로 들어가 그림이 된 날

고목도 아이들과 함께 그림이 되었다

꿈속에서도 할머니는 나를 기다리셨다

할머니는 나의, 고목이셨다

줄밭도랑 옛터

창원 기계공업단지가 들어서기 전 경상남도 창원군 상남
면 줄밭도랑은 우리들의 고향이었습니다

남으로는 천년을 두고 우뚝 솟은 장복산, 뒤로는 대방천
이 흘러내렸고 불모산 골짜기에서 내려오던 맑은 물은 남
천의 모태가 되었으며 사방으로 넉넉하게 펼쳐진 남면들
한가운데에 옹기종기 열두 가구가 형제 되어 살았던 이 땅
에서

우리 부모님들 소 몰고 쟁기질하시며 길쌈하고 가마니
짜고 자식농사 지으셨던 이곳,

좁은 골목길 따라 돌담길 지나 탱자나무 울타리 끄트머
리에 공동 우물이 있던 동네

그때 그 아이들 이제는 모두 어른 되어 일가를 이루었는
데…

그립고 아쉽고 섭섭한 마음들을 모아 꿈에도 잊지 못하는
이곳에다 고향 줄밭도랑의 유허비를 세웁니다

2014. 8. 15.

* 경남 창원시 생태공원에 세워져 있는 시인의 고향 유허비 비문

인터체인지

지금에사 곰곰이 생각해 보니 내가 여기까지 온 것은 순전히 길이 나를 끌고 왔다는 생각이 든다

길은 언제나 앞으로만 가라고 내 등을 떠밀었는데 가끔씩은 앙탈을 부리며 주저앉기도 했었다

골목길에서부터 논둑길 지나 산길, 물길, 외딴길 돌아 잡초밭 자갈밭 지나 포장도로가 나왔고 고속도로에 들어서서는 뒤돌아볼 새도 없이 과속으로 달렸는데 갑자기 인터체인지가 앞을 막는다

어디로 가야 할까

안개 낀 길, 비 내리는 길은 그래도 참을 만했는데 집으로 가는 길은 점점 희미해지고 고난도 인생길만 남았다

인터체인지 앞에 멈추어 서서 길에게 길을 묻는다

오래된 계단에서 잠시 쉬었다

르네상스 시대 라파엘로가 그린 프레스코 벽화 〈아테네 학당〉을 조우한 일이 있다

머리가 벗겨진 소크라테스가 연둣빛 옷을 입고 출입문과 가까운 제일 위쪽 계단 우측에서 옆으로 비스듬히 서서 무엇인가를 옆 사람과 이야기를 하고 있고

플라톤과 아리스토텔레스는 출입문 바로 중앙에서 정면으로 걸어 나오면서 서로 마주 보며 이야기를 하고 있다

그 아래 두어 칸쯤 아래에서 디오게네스가 반쯤 누운 자세로 골똘히 생각에 잠겨 있고

또 두어 칸 아래에서 헤라클레이토스가 왼쪽 팔을 고이고서 생각 중이고

그의 오른쪽에는 피타고라스가 손바닥을 무릎 위에 펼치고서 무슨 셈을 하고 있다

줄잡아 오십 명이 넘는 고대 그리스인들이 저마다 대화에 열중하고 있다

혼자 깊은 생각에 빠진 이도 있고 무언가를 땅바닥이나 종이에 쓰면서 옆 사람에게 설명을 하고 있다

그 오래된 계단 맨 아래쪽 구석진 자리에서 잠시 쉬었다

늘임 문체와 연상적 상상력이 그려낸
내면 풍경들

— 봄날, 이춘하 시인의 제5시집
『풀리면서 핀다』 시고詩稿를 받아 들었다

조 명 제

(시인. 문학평론가)

늘임 문체와 연상적 상상력이 그려낸 내면 풍경들

— 봄날, 이춘하 시인의 제5시집 『풀리면서 핀다』 시고詩稿를 받아 들었다

조명제(시인. 문학평론가)

1

봄날, 이춘하 시인의 제5시집 시고詩稿를 받아 들었다. 상당한 기간을 문학 모임에도 나타나지 않고, 시집을 낸 지도 오래 되어 시에 관한 소식도 뜸하다 했는데, 코로나 팬데믹 이후 최근 뒤늦게 두어 번 행사에 걸음한 시인은, 이제는 그간의 시고를 모아 시집을 묶어 내야겠다는 심경을 드러내었다. 그리고 나서 얼마 뒤 우편으로 받아든 시집 시고이다. 이춘하 시인의 시집을 처음 받아 본 것이 제3시집 『세석능선에 걸린 달』(2003)이었고, 2008년도 한국현대시인협회 현대시인상 수상작인 제4시집 『결潔』은 그 해 시상식장에서 받았던 것으로 기억된다.

시인은 이번 시집의 시고를 보내오며 간단한 편지를 써서 곁들였다. "아무쪼록 개떡 같은 시詩지만 찰떡같이 해설

을 써 주시리라 믿습니다"라는 李 시인다운 대목의 찰진 유머 감각이 웃음을 자아냈다. 문제는 시고를 일별하고 나서 찰떡같은 시를 개떡같이 해설하게 될지도 모른다는 압박감에 야코가 죽은 일이다. 이 천연덕스러운 시편들의 말결을 어이 헤집어 평설을 해야 한단 말인가. 나는 그의 시에 매료되고 있었다. 예사 시들과는 아주 다른 문체와 어조의 시, 뱀의 실눈 같은 시선이 꿰뚫어 낸 사물의 진상, 풍경의 그림과 그림의 풍경을 자유자재 넘나들며 뒤섞어 놓기도 하고, 동영상처럼 되살려 놓기도 한 시법에 감겨들고 있었다는 게 옳다.

　　몸 따로 마음 따로란 말 남의 애긴 줄 알았는데 //

　　어느 때는 지리산 세석능선, 하얀 풀꽃들 무리진 샘터에서 맨발인 채 한 여름 다 보내고 //

　　얼마 전에는 바이칼 호수로 가는 자작나무 좁다란 숲길에서 허리까지 차오르는 안개 속에 갇혀 몇 날을 지낸 적도 있었는데 //

　　어젯밤엔 갠지스강, 온갖 군상群像들과 섞여 얇고 붉은 꽃잎을 강물에 띄워 보냈는데 //

　　오늘은 또 우두커니가 되어 란치아노, 그 기적의 성당 옆 광장 벤치에 앉아 이마가 따끈거리도록 해바라기를 하고 있는 나를 만났다 //

　　이런저런 이야기를 듣고 있던 친구가 "그게 유체이탈이라는 거야"라고 귀띔을 해 준다 //

그렇다면 앞으로 내가 계속해서 유체이탈을 하게 된다면 화성에도 금성에도 갈 수 있다는 말 아닐까 하여

—「유체이탈遺體離脫」전문

싯다르타가 열반에 들었다는 소식을 듣고 수제자 카샤파가 달려와 절하자 관을 뚫고서 맨발 두 짝을 보여 주었다고 들었는데 //

—여드레 뒤에 예수께서 제자들에게 나타나시어 "평화가 너희와 함께!"라고 하셨을 때에도 맨발이었지, 아마 //

미로 같은 골목길을 돌아 대나무 들것에 얹혀서 갠지스강 화장터로 떠나던 그 사내의 마지막도 맨발이었고 //

세상의 모든 맨발에는 스쳐 가는 바람 같은 자유와 평화가 넘쳤으니 //

마음아 천천히, 천천히 맨발로 걸어가자 //

디 레 디 레 잘 레 만느

—「맨발」전문

이춘하 시를 특징짓는 첫 번째 경향은 문체의 도발적 반란이라고 할 수 있다. 문체의 반란이라는 뜻은 속도의 시대와 맞물린 속도감 문체에 대한 반란의 성격이 강하다는 인상을 말하는 것이다. 이춘하 시의 문장이나 문체는 유장하다는 수식으로만 규정되기를 허락하지 않는다. 늘어지는 듯한 그 특유의 문체를 편의상 '늘임 문체'라고 한다면, 그 늘임에는 '느림'의 미학적 가치도 내포되어 있다고 봐야 한

다. 시인의 늘임 문체는 제3, 제4시집에서도 더러 확인되는 특성이지만, 이번 제5시집에서 한층 두드러져 보인다.

늘임 문체의 특성은 먼저 이춘하 시인의 성격, 특히 말하기 스타일에서 연유하는 것인지도 모른다. 그는 평소에 말을 참 천천히, 조곤조곤, 그러면서 야무지게 한다는 인상을 주는 시인이다. 경상도 사람답지 않게 그의 이 조용하고도 느린 듯 찰진 언어 스타일이 시의 문장에도 고스란히 전이轉移되어 나타나는 게 아닌가 싶은 것이다. 인용 시에서 보듯, 그의 문장은 유연 유장하고, 특이하게도 늘어지는 듯한 느낌을 준다. 늘임 문체로 볼 때, 호남에 서정주가 있다면 영남에는 이춘하가 있다는 구도를 떠올림직한 일인 것이다.

반복과 차이의 긴장 속에서 시인은 끊임없이 시의 정곡正鵠을 유보해 가면서 늘임의 문체로 해석의 지연작전을 구사한다. 늘임이든 느림이든 이 같은 문체적 특성은 독자들의 시 읽기를 더디고 느리게 하여, 시인의 전략대로 시 텍스트의 의미 해석에 집중하도록 한다. 독자들은 시인의 체질적 전략에 말려들면서 찬찬히 시의 의미와 이미지의 결속 등 그 자질적 미학에 흡수된다.

「유체이탈」은 화자가 여행 경험을 주제로 구성한 작품이다. 등산 실력자로 알려진 이춘하 시인은 국내외 여행을 많이 하여 시적 경험과 문화적 자산으로 삼아 왔다. 「유체이탈」에 나오는 지리산 세석능선과 인도 갠지스강 이야기는 그의 제3시집 『세석능선에 걸린 달』(2003)에 각각 연작으로 발표된 바 있는 경험을 요약해 보여준 것이다. 「세석능선에 걸린 달」을 포함하여 지리산 산행 경험을 시로 구현한 연작은 20편이고, 인도기행의 시적 인상을 형상한 연작은 15편으로 구성되어 있다. 그만큼 깊고 열정적 정신의 소산물이었던 것이다.

텍스트에서 시인은 먼저 지리산 세석능선을 중심으로 여행하며 하얀 풀꽃들이 무리로 피어 있는 능선의 샘터에서 맨발인 채 신선하고 황홀한 자연과 하나 되어 한여름을 보내고, 어느 때는 바이칼 호수로 가는 자작나무 숲길의 짙은 안개 속에 갇혀 몇 날을 보내었던 여행 경험을 풀어 놓는다. 그리고 화장火葬의 전통으로 유명한 인도 갠지스 강변의 온갖 군상들과 섞여 붉은 꽃잎을 강물에 띄워 보낸 인도 기행, 8세기경 성체 성혈의 기적이 일어났다는 란치아노 성당 옆 광장 벤치에 앉아 이마가 따끈거리는데도 마냥 바라보고 있었던 이탈리아 기행을 떠올리며, 도대체 내가 누구인지 내가 무엇을 하고 있는지 되짚어 본다. 마음 따로 몸 따로인 듯한 착란 속에, 친구가 귀뜸해 주는 유체이탈의 실상을 인지한다. 어제는 깊고 깊은 지리산, 오늘은 머나먼 시베리아의 자작나무 삼림지대, 어느 날에는 인도의 갠지스 강변, 또 다른 어느 날에는 아득한 이탈리아의 란치아노 성당에 가 있는 자신의 역마살이 스스로도 믿기지 않고, 이해하기 어려운 것이다. 그같이 놀라운 광적 기행 경험은 영혼이 육체에서 빠져 나가 따로 활동하는 느낌을 받게 되는 유체이탈의 현상을 일으킬 만한 것이다.

문제는 "그렇다면 앞으로 내가 계속 유체이탈을 하게 된다면 화성에도 금성에도 갈 수 있다는 말 아닐까 하여"라는, 텍스트의 말미에서 토로하고 있는 시인의 인식이다. 이는 화자 스스로도 통제할 수 없는 광적 여행 욕구를 드러내는 시적 표상이긴 하지만, 여행의 충동과 환상성이 화성 금성까지 불러오는 상상력의 쾌거가 아닐 수 없다.

시 「맨발」은 성인 싯다르타와 예수의 기적 같은 맨발 이미지를 비롯하여, 대나무 들것에 얹혀서 갠지스 강 화장터로 떠나던 사내의 마지막도 맨발이었음을 환기하고, "세상의 모든 맨발에는 스쳐가는 바람 같은 자유와 평화가 넘쳤음"을 강조한다. "스쳐가는 바람 같은 자유와 평화"는 맨발의 상징적 기호이며 참된 삶을 가리키는 경건함의 지표이다. 그러니 "디레 디레 잘 레 만느" 곧 "마음아 천천히, 천천히 맨발로 걸어가자"라는 깨침의 언어를 발견하게 된 것이다. 이춘하 시인의 늘임 문체는 느림의 정신이 포함되어 있다고 하였거니와, 느림의 미학은 자유와 평화의 체질적 가치라고 할 것이다. 극초음속까지 예사롭게 말하는 오늘날의 고속적 문명은 긴장과 파괴를 가중시킬 뿐, 인간의 자유와 행복한 감정을 담보하지는 못한다.

2

이춘하 시의 표현적 특성의 하나는 병치은유, 혹은 병치적 기법에서 찾을 수 있다. 우리 시의 경우 병치은유는 이상 李箱의 「건축무한육면각체」나 김종삼의 「주름진 대리석」 등

몇몇 시편들에서 과감하게 실현된 적이 있고, 치환과 병치의 결합적 양식으로서의 병치은유는 한용운의 「알 수 없어요」 같은 작품에서 절묘하게 실현된 바 있다.

　　한여름 내내 공원 귀퉁이를 쨍쨍하게 붉음으로 채웠던 맨드라미가 백골이 되어 흰 눈을 이고 있다 //
　　머리칼을 휘날리며 억새풀 몇 가닥도 그 옆에서 풍경이 된다 //
　　들고양이 한 마리 살풋 풍경 속으로 모습을 숨긴다 //
　　폐지 줍는 할머니의 굽은 등줄기에 겨울 햇살이 은전처럼 반짝인다 //
　　잎 떨어진 떡갈나무 가지 끝에서 까치 몇 마리 하얀 깃털을 털고 있다

―「풍경」 전문

　　긴 봄날 뻐꾸기가 목소리를 늘어뜨리고서 산 한 채를 온통 흔들고 있다 //
　　여름 한낮 악을 쓰며 매미가 울어댄다 //
　　비단거미 한 마리 거꾸로 매달려서 외줄을 타고 있다 //
　　소리는 소리끼리, 울음은 울음끼리, 몸짓은 몸짓끼리, 서로가 흔들면서 흔들리면서 버티고 있다 //
　　당신의 어깨가 무거운 하루를 버티고 있듯이 //
　　농부의 휜 등이 저녁의 어둠을 버티고 있듯이 //
　　나무는 나무끼리, 뿌리는 뿌리끼리, 뼈는 뼈끼리, 서로 부딪

히며 버티고 있다 //

산다는 것은 그렇게 서로가 서로를 버티어 주는 것 //

하루를 버티면서 내가 나를 사는 것처럼

　　　　　　　　　　　　　　　　—「버틴다는 것」 전문

「풍경」의 각 시행들은 병치적이다. 병치은유는 '일상적 의미가 친화적인 비교를 토대로 다른 의미에 전용되는' 양식인 치환은유와 대립적이다. 병치의 원리를 토대로 발생되는 새로운 의미는 치환은유적 요소인 유사성, 곧 모방적 인자가 배제된 상태에서 환기되는 의미이다. 그러니까 병치은유는 병렬과 종합을 통한 새로운 의미의 창출을 노리는 은유의 한 양식인 것이다. 이춘하 시에서 병치적 결합의 방식이 현저한 작품의 수효는 많지 않지만, 병치적 특성을 혼합하여 시 텍스트적 효과를 높인 작품은 드물지 않은 편이다.

병치적 전략에 따라 구성된 「풍경」의 독립적이고 자율적인 각 시행들은 그것들대로의 선명한 겨울 풍경의 한 단면들을 보여준다. 그 풍경적 이미지들은 아름답지만 대상對象들의 분위기는 쓸쓸하다. 그 쓸쓸함의 정점에 "폐지 줍는 할머니의 굽은 등줄기"가 있다. 병렬된 각 시행들은 겨울 햇살이 은전처럼 반짝이는, 폐지 줍는 할머니의 굽은 등줄기를 정점으로 하는 쓸쓸한 '풍경'으로 귀속된다. 독자의 해석적 판단을 유인하는 병치은유는 새로운 의미의 '창조'보다는 존재의 '개시開示'나 '표상表象'하는 데 기여하는 편에

속한다.

「버틴다는 것」은 병치은유와 치환은유의 결합적 표현의 작품이라고 할 수 있다. 각 시행들은 각각 독립적이고 자율적 성격이 강하지만, 텍스트의 제목이 환기하듯, 각 시행들은 그 자체로 치환은유적 구조의 의미망을 형성하고 있기 때문이다. 뻐꾸기 목소리, 매미의 울음, 비단거미의 줄타기 등은 서로 대등 병렬의 관계로 병치적이지만, 모두 "버틴다"라는 주제적 의미에 수렴되면서 치환은유의 관계를 형성한다. 그리하여 세상의 모든 현상은 "서로가 흔들면서 흔들리면서 버티고 있다"든지, "산다는 것은 그렇게 서로가 서로를 버티어 주는 것"이라는 깨달음의 시적 의미를 풍요롭게 한다.

　흰나비 한 마리 사뿐사뿐 날아오른다 //

　아쟁이가 애달피 목을 뽑고 피아노의 중저음이 무대에 깔린다 //

　그가, 한쪽 날개를 치켜세워 하늘을 향하더니 얼음장 깨뜨리듯 소리를 지른다 //

　"하얀 꽃 찔레꽃 순박한 꽃…

　찔레꽃 향기는 너무 슬퍼요

　그래서 울었지 목 놓아 울었지…"* //

　그의 울음에 매달려서 찔레꽃이 피어나고 //

　그의 날갯짓에 묻어 찔레 향이 퍼져 나간다 //

　순식간에 숨이 멎은 듯 꽃잎이 떨어진다 //

소리가 꽃이 되는, 봄날은 간다

—「소리가 꽃이 되는」 전문

「소리가 꽃이 되는」은 「버틴다는 것」처럼 전체가 병치 양식으로 구성된 시는 아니지만, 그 첫 부분에서 병치적 기법의 효과를 십분 활용하고 있다. 1행부터 3행까지는 각각 독자적 기능의 병치적 방식을 취하고 있는데, 3행까지 정독을 하며 연관성을 찾아보면 의미의 맥락이 잡혀 온다. 그러니까 1·2행은 보다 적극적인 병치적 특성이 작용하게 배열된 것이다. 3행 이하의 텍스트를 계속 읽어 가면, 우리 시대의 가객 장사익이 그 특유의 흰 두루마기 차림으로 무대에 올라 그의 명곡 「찔레꽃」을 열창하는 공연의 장면이 펼쳐짐을 확인하게 된다. 거기까지의 장면 파악이 완수되면 시적 정보의 역행逆行에 따라, 의아심과 병치적 단절감을 느꼈던 1·2행의 상황적 장면이 풀린다. 병치적 성격을 보였던 1·2행의 은유적 의미 구조가 드러나고, 병치적 단절에서 융합적 결속의 장면으로 환원된다.

"흰나비"는 흰 두루마기를 입은 '장사익'의 은유적 표현이고, "흰나비 한 마리 사뿐사뿐 날아오른다"라는 텍스트의 첫 행은 평소 무대에 등장하는 장사익 가객의 걸음 스타일과, 그가 곧 펼칠 노래 동작 스타일의 경험적 표현이다. 곧 이어 반주 악단의 전통악기 아쟁이의 애절한 음감과 서양악기 피아노의 중저음이 연주되고, 가객 장사익은 한 쪽 손을 치켜들며 얼음장을 깨뜨리듯 고음으로 노래 '찔레꽃'

을 부른다. 그의 창법과 음질은 노랫말을 하나하나 씹어 삼키듯 유장하면서도 맛나고 흡입적이다. 그 독특하고 흡입적인 창법은, 노점상, 가구점 점원, 카센터 직원, 독서실 총무 등 무려 열댓 가지의 직업을 전전한 뒤 46세의 나이에 소리꾼이 되었다는 장사익의 이력과 무관하지 않을지도 모른다.

"찔레꽃 향기는 너무 슬퍼요/ 그래서 울었지 목놓아 울었지…", 가사가 특별할 것도 없고 곡조도 유별날 것 없는 편이지만, 장사익의 목소리와 창법을 통해서만, 그 누구의, 그 어느 가수의 것도 아닌 장사익의 목소리와 미묘한 흰 두루마기 어깨 부양浮揚을 통해서만 절창이 되는 '찔레꽃', "그래서 울었지 목놓아 울었지"에 이르면 관객도 열창의 진정성에 젖어들어 '그래서 함께 울었지 목메어 울었지~'의 상황적 정서에 막무가내로 몰입된다. 노래를 부르는 것이 아니라 노래를 조각해 내는 것 같은 장사익의 입과 치열齒列이 빚어내는 "그의 울음에 매달려서 찔레꽃이 피어나고/ 그의 날갯짓에 묻어 찔레향이 퍼져나간다". 노래의 실감을 표현한 시인의 해석은 순식간에 숨이 멎는 듯한 감동과 꽃잎이 떨어지는 완결의 미덕을 보인다.

시인은 이 시의 끝에 장사익의 또 다른 명곡「봄날은 간다」의 그 구절로 마무리를 짓고 있는데, 그 앞부분에 "소리가 꽃이 되는"이라는 말을 넣고 있다. 장사익의 노래가 노래 소리로 끝나는 것이 아니라, 그의 노래는 그 가사가 지시하는 사물의 재현적 형상의 경지에 이르렀음을 강조하고 있는 것이다.

> 여행 중의 괴테가 친구인 티슈바인의 집 창턱에 기대어
> 생각에 잠겨 있다
>
> 그가 몰입하고 바라보는 창밖의 세상에 무엇이 있었을까
>
> 젊은 영혼이라도 걸고서 붙잡아 두고 싶은 순간이 있었
> 던 걸까 혹시, 작은 참새 새끼 한 마리가 꼼지락거리는 먹
> 이
> 라도 낚아채려는 순간을 포착한 것은 아니었을까
>
> (창문은 여느 창문마냥 네모지고 방 안은 캄캄한데)
>
> 푸르스름한 파스텔톤의 새벽빛 한 오라기 손바닥 위에
> 올려놓고 대작을 꿈꾸고 있었던 걸까
>
> 티슈바인의 초상화 한 점이 순간을 영원히 붙잡아 두고
> 있다
>
> ──「창가의 괴테」 전문

　이번 이춘하 시집의 10여 편은 유명한 화가들의 그림을
주제로 한 시편들로 구성되어 있다. 시집 『결』에 이미 두 편
의 「샤갈의 마을에서」를 실었던 만큼, 그림에 대한 시인의

관심과 열도를 어렵잖게 짐작할 수 있다. 하긴 그는 지난 한 십여 년 동안 성당에서 성화聖畫를 그리는 데 몰두하였다고 했다. 동호인들과 성화를 열심으로 그려 성당의 허락된 공간에 전시해 두는 십여 년의 경험은 그림에 대한 지적, 미학적 감각이 그를 전문인의 경지에 도달하게 했을 법하다. 특히 예로부터 '詩中畵 畵中詩'라 했으니, 시인의 예리한 감각이 직접 그림 그리기에 몰입되었을 때, 그 예술적 안목과 기량은 예사 사람들과는 비교할 수 없이 높은 수준에 이르렀을 터이다. 그것은 미술작품의 분석적 감상과 해석을 탁월하게 할 수 있는 능력을 보증받았다는 뜻과 다르지 않다.

텍스트 「창가의 괴테」는 독일의 화가 요한 하인리히 빌헬름 티슈바인(1751~1829)이 그린 1787년 작 그림의 제목을 그대로 따서 쓴 시 작품이다. 괴테의 두꺼운 『이탈리아 기행』은 유명한 책이지만, 그의 이탈리아 여행은 몇 날 며칠, 혹은 한두 달 동안 명소나 찾아다니는 여행이 아니었다. 그는 무려 1년 반 동안 이탈리아에서 살았다. 진정한 여행은 그 곳에서 살아 보는 것이라고 한다면, 괴테는 일찍이 그런 여행을 실천한 대표적 인물이다.

괴테는 체류 기간의 대부분을, 당시 로마에서 수학하던 독일 출신 화가 티슈바인의 허름한 아파트에서 지냈다. 동료 네 명과 함께 공유하는 티슈바인의 아파트에 얹혀 지내는 동안 괴테는 티슈바인과 함께 나폴리 여행도 하였으니, 티슈바인이야말로 괴테를 누구보다도 깊이 아는 처지가 되었을 것이다. 종이에 연필과 펜, 수채로 그린 티슈바인의

「창가의 괴테」는 조용한 걸작이다. 이 그림에 대해 예술사학 박사 우정아 교수는 이렇게 언급한 바 있다.

티슈바인은 편안한 옷차림에 실내화를 발에 걸고 창밖으로 몸을 내밀어 무심히 바깥을 내다보는 괴테의 뒷모습을 유연하게 그려냈다. 누군가 이처럼 창밖을 골똘히 내다보면 자연스레 호기심이 생긴다.

우리 눈에는 그저 그의 등과 맞은편 건물의 지붕이 보일 뿐인데, 괴테 눈앞에는 틀림없이 무슨 일이 일어나거나, 누군가가 지나가거나, 아니면 날씨라도 기막히게 좋을 것 같다. 티슈바인이 이 그림을 그리는 동안 어쩌면 괴테는 화가에게 창밖의 정황을 세세하게 말해 주고 있었을지도 모른다.

그림의 괴테는 그늘진 방의, 거리로 난 창가에 붙어 서서 맞은편 건물의 지붕이 보이는 바깥을 내다보고 있다. 가벼운 옷차림의 날씬한 몸매(*30대 후반 같지 않고 청년 같아 보임)에 슬리퍼를 발에 걸고, 가슴팍이 걸쳐지는 높이의 작은 창문으로 상체를 조금 내민 뒷모습의 사실성이 두드러져, 괴테의 가슴 속에 작동하고 있을 호기심이 잘 묻어나는 그림이다. 티슈바인이 포착한 괴테는 도대체 창 밖의 무엇에 끌리어 저토록 집중적이고 몰입적인 자세를 보이고 있는 것일까? 그림을 접하는 사람들은 저마다 이런 저런 상상을 할 수밖에는 없다. 이춘하 시인도 창 밖을 내다보고 있는 괴테의 모습에 대한 호기심을 숨기지 못한다. 시인이 상상하는 호기심 가운데, "작은 참새 새끼 한 마리가 꼼지락거리는 먹이라도 낚아채려는 순간을 포착한 것은 아니었을까"라는 대목이 해석의 아름다운 자유를 표현한 압권이다. 괴테가 그 순간 "푸르스름한 파스텔 톤의 새벽빛 한 오라기 손바닥 위에 올려놓고 대작을 꿈꾸고 있었던" 것인지는 모르겠지만, 그림을 관찰하는 시인의 상상력이 예리하고 특이하다. 시인이 "티슈바인의 초상화 한 점이 순간을 영원히 붙잡아 두고 있다"라고 했듯, 사실 모든 그림은 순간에서 영원을 포착해 두는 것이라고 할 수 있다. 그냥 포착해 두는 것이 아니라, 텍스트의 해석자에 따라 무한으로 펼쳐지는 가변적 의미체로서 생동케 되도록 하는 것이다. 순간에서 영원으로의 포착은 「황색 그리스도」에서도 증명된다.

> 몇천 년을 그렇게 손발이 묶인 채로
> 몇천 년을 그렇게 나무 십자가에 매달려서
> 죽지도 않고, 살지도 못하면서
> 몇천 년을 그렇게 빛으로만 남는 이여
> 이제는 그만, 그곳에서 내려오시어
> 이제는 그만, 홀로 걷게 하시고
> 이제는 그만, 홀로 울게 하소서
>
> ―「황색 그리스도」 전문

고갱의 그림 「황색 그리스도」는 그의 화가로서의 명성을 확고히 해 준 작품의 하나이다. 여윈 체구의 황색 그리스도는 십자가에 못 박히고 손발이 묶인 채로 몇천 년을 "죽지도 않고, 살지도 못하면서" 빛으로 남아 영원히 그렇게 있다. 예수 그리스도의 고통은 몇천 년이 지난 지금에도 그대로 생생히 살아서 보는 이들의 마음을 슬프게 하고, 위로의 마음을 가지게 한다. 시인은 오히려 그림의 영원성에 압도된 듯, "이제는 그만, 그곳에서 내려오시어/ 이제는 그만, 홀로 걷게 하시고/ 이제는 그만, 홀로 울게 하소서"라고 호소한다. 그리고, 그림이 살아 있는 실체적 진실이라는 현상적 체험을 「안녕하세요, 고갱 씨」에서 입증해 준다.

> 고갱 씨!
> 당신을 만나려고 서울시립미술관에 갔어요
> 타히티에서의 당신 그림 속에 빠져서 시간을 잊었답니다
> 늦가을 해 질 무렵의, 한바탕 비바람이 지나갔네요
> 푸르스름한 파스텔 톤의 서쪽 하늘이 열리고 은회색 자작나무는 빈 가지만 남았군요
> 그렇지,
> 마을엔 개 짖는 소리조차 들리지 않고 뼛속까지 적요로 울 때 저녁 산책을 가셔야지요
> 꽤 날씨가 쌀쌀해졌나 봐요
> 긴 코트에 목도리까지 두르고서 베레모도 눌러썼네요
> 그래도 너무 멀리는 가지 마세요
> —「안녕하세요, 고갱 씨」 전반부

시인은 미술관의 고갱 전展을 관람하며, 타히티에서의 고갱의 삶과 그림에 빠져 시간 가는 줄을 모른다. 시인은 그림 속의 풍경과 고갱의 모습을 한낱 평면적 구도로만 보지 않고, 온전히 살아 움직이는 풍경으로 꾸려 간다. 그러니까 "긴 코트에 목도리까지 두르고서 베레모도 눌러 쓴" 고갱과 대화하듯, 저녁 산책을 나가셔야지, 그래도 너무 멀리는 가지 마시라는 등의 말을 거는 형식으로 전개하고 있는 것이다. 그림은 순간에서 영원으로의 대화이다. 그림을 감상하고 해석하는 일은 텍스트 속의 이미지 및 텍스트 생산자와의 시공을 초월한 대화인 것이다. 그림을 대상으로 쓴 이춘하 시인의 시편들의 시적 가치가 의의를 갖는 것은 그런 특성 때문일 것이다.

미술작품을 해석하고 이해한다는 것이 텍스트 혹은 작자와의 대화라는 사실은 빛을 위한 설치미술의 작가 제임스 터렐 씨의 작품을 다룬 「있는 그대로의 빛, 조그만 동네」에서도 잘 나타난다. 제임스 터렐의 작품을 묘사한 전반부에 이어 후반부에서는 아예 언술 자체가 친근한 말 섞음의 형식으로 전개된다.

제임스 터렐 씨,
참, 겉보리 서 말만 있다면 말씀이야, 몽골사막 어디쯤에다 개미굴만한 왕국 하나 만들 수 있겠는데 말씀이야, 당신의 그 〈로덴분화구〉를 흉내라도 내겠는데 말씀이야, 참, 일곱 가지 색깔의 빛 한 묶음은 잡을 수도 있겠는데 말씀이야,

제임스 터렐 씨,

아무쪼록, 그 분화구에서 빛과 함께 신神과 소통하시기를…, 참,

시인은, 미국 애리조나 사막 복판에 개인 분화구를 만들어 놓고, 30년째 빛에 관한 작품활동을 하고 있다는 제임스 터렐의 작품 세계를 수동적으로 감상하는 것이 아니라, 작자를 장난기 섞인 편안한 대화의 안으로 끌어들여 능동적으로 이해하고, 기발하고 흥미로운 연상聯想의 창조적 영역으로 변용시켜 낸다. 이춘하 시인의 그림에 대한 해석적 상상력과 감상의 특이성은 르네상스 시대 라파엘로가 그린 프레스코 벽화 「아테네 학당」을 생동하는 현재적 사실처럼 그려낸 시 「오래된 계단에서 잠시 쉬었다」를 통해 잘 드러난다. 소크라테스, 플라톤, 아리스토텔레스, 디오게네스, 헤라클레이토스, 피타고라스 등등 "줄잡아 오십 명이 넘는 고대 그리스인들이 저마다 대화에 열중하고" 있는 '아테네 학당'의 기라성 같은 철학자들은 계단 층층에서 서거나 앉거나 비스듬히 눕거나 각자의 스타일로 자리잡고 있다. 바티칸을 여행하며 관람한 '아테네 학당'과의 대화는 수천 년을 건너뛴 시간 여행이지만, 시인은 여느 그림 감상 때와 마찬가지로 현재적 작용 미학으로 갈무리한다. 고대 그리스 철학자들의 대화와 사유의 다양한 포즈들이 계단을 무대로 구도構圖된 바, 시인은 작품의 마지막 행을 "그 계단 맨 아래쪽 구석진 자리에서 잠시 쉬었다"라고 마무리 지은 것이

다. 이것은 시대를 초월하여 현재화된 그림의 무대에 자신을 밀어 넣어, 그리스 시대의 철학자들과 동렬에 놓은 대화의 형식인 셈이다.

> 흰 무명 수건을 쓴 여인들이 함지박을 이고서 양구 장터로 모여든다
> 쑥개떡, 감자떡, 도토리묵, 산새알, 말린 나물, 복슬강아지 두 마리, 코흘리개 아이들도 따라서 나온다
> 좁쌀 몇 됫박, 검정 고무신, 울릉도 호박엿도 빠지지 않는다
> 도란도란, 수군수군, 왁자지껄, 장터가 어우러진다
> 순댓국, 파전, 막걸리 몇 사발에 초가지붕 위에 박꽃 피듯 웃음꽃이 피어난다
> 고등어자반, 마른오징어, 새우젓 독에서 먼 바다 냄새가 새어 나온다
> 시오리 산길을 돌아 염소 새끼 한 마리도 끌려서 나왔다
> 이 마을, 저 마을, 소식들 나누고 웃고 근심하고 하루가 다 간다
> 내일은 화천장, 모래는 철원장, 글피는 영월장…, 장돌뱅이들의 셈이 끝나면 파장이다
> 정선장, 모란장, 안성장, 구례장…, 마디미 장날은 4일과 9일이다
>
> ──「박수근. 시장」 전문

이춘하 시인은 뭉크(「생의 춤」)와 김환기(「김환기의 그

림 속에 이태백이 달이 뜬다」), 박수근 등의 그림에 대한 시적 변용도 그 특유의 개성적 상상력을 발휘하여 성공시킨다. 박수근의 경우에는 「빨래터」와 「고목과 아이들」, 그리고 「시장」 등 세 편의 그림을 시화詩化하였는데, 그 가운데 「시장」을 인용하여 예로 든 것이다. 화강암의 질감 같은 특색을 지닌 박수근의 그림들은 그 재료적 기법적 친근성에다가 그림의 대상도 서민들의 소박한 일상을 주로 다룬 까닭에, 계층간의 구별 없이 폭 넓은 사랑을 받고 있다.

시 「박수근. 시장」은 시장을 배경으로 그린 박수근의 여러 작품들을 섞어서 종합한 성격의 작품으로 보인다. 그렇더라도, 박수근의 단순화된 그림에 쑥개떡, 감자떡, 산새알, 복슬강아지 두 마리, 좁쌀 몇 됫박, 새우젓 독 같은 것이 보일 리 없고, "시오리 산길을 돌아 염소새끼 한 마리도 끌려서 나왔다" 같은 장면이 있을 리도 없다. 익히 보아왔듯, 시인은 자신의 상상력을 동원하여 텍스트를 재해석하고, 단순화되거나 빈 자리를 메워 나가는 작업을 하고 있는 것이다. 속성상 다층적인 예술 텍스트는 수용자의 적극적 개입과 해석으로 풍요롭게 완성되어 간다는 사실을 이춘하 시인의 시 「박수근. 시장」에서 경험하게 되는 것이다. 시인이 창조적 개성을 발휘하여 펼쳐 간 메움 혹은 덧그리기의 장면들은 시인의 고향 마디미장, 곧 한국의 여느 시골장의 풍경들인 것이다.

성화를 직접 그리고, 유명 화가들의 미술 작품을 깊은 안목으로 해석, 감상하는 이춘하 시인의 시 상당수는 '그림의 풍경'과도 같다.

내 기억에 남은 것은 가파른 빙벽 위의 설산과 그 산을 마
주하고 타원형으로 깔린 잔디밭과 그 위에 놓인 검은색 의자
하나,
의자 위에는 긴 머리의 여인이 산을 보고 앉아 (얼굴은 보
이지 않고) 제 키만큼한 첼로를 켜고 있었다는 것뿐인데

아니, 다시 생각해 보니

그녀의 상의가 빨강이었다는 것과 첼로 소리에 맞춰 설산
이 움찔움찔 움직였다는 것,

그리고 또, 메아리 소리에 화답이라도 하듯 산꼭대기의 눈
가루가 조금씩 흘러내렸다는 것,

더 중요한 것은 눈가루가 흘러내리면서 빙벽 사이로 하얀
길을 만들었다는 것,

그런 풍경들이 내 마음에까지 와 닿았다는 것,

그런 느낌들이 꼭 목성에서 날아온 한 통의 편지 같았다는 것,
—「설산雪山, 첼로, 메아리」 전문

116

'맞은 편 가파른 설산을 바라보며, 타원형으로 깔린 잔디 밭 위의 검은색 의자에 앉아 첼로를 켜고 있는 긴 머리채의 여인'은 어떤 광고에서 본 듯한, 그 자체의 구도와 장면이 그대로 하나의 그림인 정경이 아닌가. 그것도 제 키만한 첼로를 켜고 있는 여인이 빨강색 상의를 입고 있어서 잔디밭 의 색상과 검은색 의자, 그리고 맞은편 설산 등과의 색상 대비로 그림 같은 풍경은 절대치에 이른다.

이 그림 같은 풍경은 이춘하식 화법에 따라 역동적으로 전개된다. 첼로소리에 맞춰 설산이 움찔움찔 움직이고, 산 꼭대기의 눈가루가 조금씩 흘러내리면서 빙벽 사이로 하얀 길을 만든다. 설산, 첼로, 메아리의 앙상블 같은 풍경이 화 자의 마음에 와 닿는 순간, 그 황홀하고 신비한 느낌은 아마 도 목성에서 날아온 한 통의 편지를 받는다면 이럴까 싶은 감동이라는 것이다.

3

이춘하 시 읽기의 중요한 코드의 하나는 이미지 혹은 시 적 담론의 연상이나 건너뛰기이다. 연상을 통한 시적 전개 는 시 쓰기의 수평적 사고思考와 연결되는 성질이 강하다. 논리적 체계의 구성이나 관념적 질서의 양식화로부터 자유 롭고 파격적인 전개와 도발적 장치를 위한 방안으로서의 연상은 시 쓰기의 근원적인 문제의 하나이다. 그런 만큼 탈 중심의 수평적 사고에 토대한 시 쓰기는 연상의 방법적 전 략의 하나로 이해된다.

조르바 씨,

당신을 생각하면 내 코끝에선 매캐한 갈탄 냄새가 난답니다

내 귓가에는 자갈밭을 굴러오는 남프랑스 해변의 물소리가 들리고요

내 눈앞에는 당신이 거쳐 온 터키와 그리스의 작은 마을들이 펼쳐진답니다 (육감적인 카페의 여인들과 함께)

오늘 아침에는 문득, 당신을 초대하고 싶다는 생각이 들어서

(초대는 무슨, 개나 물어가라고! 하겠지요)

코리아의 제주라는 섬에 산굼부리라는 꽤 넓은 빈 땅이 있는데요

그곳에서, 한 일 년만 농사를 지어보면 어떨까 하고 (너무 소리 지르지 마세요!)

실은, 조각 같은 당신의 근육질을 훔쳐보면서 끝없는 이야기가 듣고 싶을 뿐이랍니다

물론 밤마다, 당신이 좋아하는 북유럽산 포도주는 준비해 놓을게요

산굼부리에 별이 쏟아지면, 산굼부리에 눈이 내리면, 아마 당신의 마음도 조금은 흔들릴 거예요

부디, 큰 새의 부리가 궁금해지기를 바라면서 자유로운 당신 영혼에 신의 축복이 가득하기를 빕니다

　　　　　　　　　　　　　　—「알렉시스 조르바 씨」 전문

이춘하 시인은 감동 깊게 읽은 니코스 카잔차키스의 소설 「그리스인 조르바」의 주인공 알렉시스 조르바에게 말을 건다. 독서의 감동을 현실로 전이시켜 조르바 씨와 대화하 듯 시상을 전개해 가고 있는 것이다. 그 대화의 형식은 소설 작품 독후의 해석적 감상을 효과적으로 표현하기 위한 방법적 전략에 기반한 것이다. 작중 인물인 조르바씨의 캐릭터에 매료된 듯한 화자는 엉뚱하게도 근육질의 조르바 씨를 초대하여 제주도의 산굼부리에서 농사를 지어 보면 어떨까하는 상상을 해 본다.

'산굼부리'는 한라산의 기생화산 분화구로 일반 분화구와는 달리 낮은 평지에 커다란 분화구가 생성되어 있다. 바깥 둘레 약 2km, 안 둘레 756m, 절벽 아래 화구의 바닥 넓이는 약 8,000평이나 된다. 용암이 거의 분출되지 않은 마르(Maar)형 화구이어서, 다양한 초목이 번성하고, 포유류와 양서류, 파충류, 곤충류, 조류 등이 골고루 서식하고 있다. 그런 산굼부리에 별이 쏟아지거나, 눈이 내리는 풍경을 보면 과격한 조르바 씨의 마음도 흔들릴 거라 여기는 화자는 밤마다 북유럽산 포도주도 마련해 놓겠다고 한다. 산굼부리의 "꽤 넓은 빈 땅"에 "조각 같은 당신의 근육질을 훔쳐보면서 끝없는 이야기가 듣고 싶을 뿐"이라는, 사뭇 유혹적인 속셈의 화자는 '산굼부리'의 '부리'라는 말에서 연상 작용을 일으켜 "부디, 큰 새의 부리가 궁금해지기를 바라면서 자유로운 당신 영혼에 신의 축복이 가득하기를 빕니다"하고 끝맺는다.

「흰말채나무의 몸은 붉다」의 경우, 시인은 층층나무과의 붉은색 가지를 가진 '흰말채나무'에서 1825년 개혁을 주창한 러시아 귀족청년 혁명 당원들인 데카브리스트의 '붉은 말채찍 소리'를 연상해 내고, 설원에 뿌려지는 '선혈'로, 그리고 '흰말채나무의 몸은 붉다'라는 표현으로 건너뛰어, 연상에 연상을 거듭하여 한 편의 시를 완성하였음을 보여준다. 「지혜의 江」은, 사람들이 강을 건널 때, 거친 물살에 휩쓸리지 않으려고 돌을 매달고 건넜다는, 아프리카의 한 외딴 마을 앞을 흐르는 강에 얽힌 지혜로운 일화에서 우리의 국토 분단선 DMZ를 연상하고, "그 가시철망 앞으로 그런 강 하나 흘러내렸으면…/ 그 강 앞에서 서로 손잡고 지혜로움 한번 짜내 봤으면…,"하는 통일 염원으로 나아간 작품이다. 그런가 하면, 「옥수수 밭 헬기장」에서 시인은 수천수만 마리의 벌떼가 옥수수 밭을 공격하는 소리에서 헬리콥터의 프로펠러 소리를 연상하고, 어린 날에 겪었던 6.25전쟁 당시 국적 미상의 헬기들이 벌떼같이 옥수수 밭에 내려앉던 때를 떠올린다. 이처럼 연상법으로 전개해 간 이 작품은 귀를 막고 밭고랑에 엎드려 "나는 이미, 죽은 목숨"이라고 생각했던 기억과 그날의 환청에 시달리는 상처의 기록이다.

제2차 세계대전 중 폴란드 아우슈비츠에서 자행됐던 나치독일의 유대인 대학살 사건에서 6.25 당시 장진호 전투의 참상, 피란민 7,000여 명을 태우고 거제도에 닻을 내린 레인빅토리아호의 기적 같은 역사를 연상하여 완성한 「포로수용소에서 역사를 읽다」, 늦은 봄날의 하얀 이팝꽃 송이의 '실밥' 같은 이미지에서 컴컴한 부엌에서 하얀 '쌀밥'을 푸고 계시던 어머니를 연상하며 그리움에 "실밥처럼 풀어져서 하얗게 하얗게 울 것"이라는 「이팝꽃」 등 연상에 의한 작품 구성과 그 전개는 이춘하 시법의 중요한 특징을 이룬다. 시인의 연상법이나 건너뛰기 기법에는 「파장」, 「비교적」 같은 작품에서처럼, 낱말을 연결고리로 하여 펼쳐 가는 경우도 있다. 그와 달리 한 낱말을 해음적諧音的으로 사용하여 시의 재미를 더하는 「연두」, 「하오리 비오리」, 「마라도」 같은 작품도 눈길을 끈다.

첫발을 내딛자 이마를 치고 다가온 그녀는 아직도 하얀 모자를 영실靈室에 올려놓은 채 여전히 억새풀 같은 머리칼을 풀어 헤치고서 관능적인 몸매로 군데군데 오래된 구덕과 적당한 오름을 숨기며 드러내며 길게 누워 있었어

—「3월, 한라산」 부분

이춘하 시의 또 한 가지 특색은 사물의 전폭적인 의인화 수법이다. 시인은 사물이나 대상을 순전한 인격체로 존재화하여 인간과 사물, 화자와 피화자의 간극을 없애 버린다. 「3월, 한라산」의 '그녀'는 한라산을, 「시클라멘」의 '그녀'는 시클라멘을, 「길들여진다는 것」의 '그'는 낙타를 의인화한 것은 물론, 「나무는 나무끼리」에서 시인은 숲속의 나무들 전체를 인간사회의 인격체와 다를 바 없는 존재로 구현해

낸다. 이것은 시인의 자연친화 사상을 단적으로 말해 주는 것이다.

> 두 손바닥을 펴서 소중한 것을 감싸듯이 라벤더 잎사귀를 부비다가 코끝으로 가져가 봐 //
> 천천히 천천히 숨을 크게 들이켜 쉬어 봐 //
> 아무 생각 말고 오감을 풀어 손끝에다 모아 봐 //
> 눈을 감고 코를 감싸고서 무아경으로 들어가 봐 //
> 이럴 때, 황홀이란 말을 쓰는 거라고 최면을 걸어 봐 //
> 같은 동작을 서너 번 반복해 봐 //
> 그곳은 이 세상에 없는 그 어느 곳이야 //
> 너는 없고, 나도 없고 오직 향기만이 남을 거야 //
> 며칠씩 폭우가 쏟아지는 날 라벤더 향기를 맡아 봐 //
> 어쩌면, 보라색 그 꽃이 빗줄기 속에서 멈춰 있을지도 몰라
> ──「라벤더 향기를 맡아 보렴」 전문

이 작품에서 주목되는 것은 각 시행의 말미에서 드러나는 서술어의 반복이다. 이와 같은 유형의 반복은 이춘하 시의 여러 작품에서 발견된다. 반복은 연상과 함께 시작詩作의 기본적 방법의 하나이다. 반복은 자칫 안일하고 단순한 기법으로 치부되기 쉽지만, 율격의 원리라는 중요한 기능 외에, 언어기호의 차이성과 관련되면서 새로운 창조적 기제로 풀이되기도 한다. 반복은 차이의 반복이라는 질 들뢰즈의 지론은 큰 틀에서 봐야 할 문제이긴 하지만, 부분적인 반

복에서도 그것은 끊임없이 의문을 증폭시키면서 문장과 의미의 차이로 시선의 집중을 요구한다. 위 텍스트의 경우 시인이 결론적으로 시사示唆하고 싶은 것은 "같은 동작을 서너 번 반복해 봐/ 그곳은 이 세상에 없는, 그 어느 곳이야/ 너는 없고, 나도 없고, 오직 향기만 남을 거야"라는 의미심장한 차이의 대목일 것이다.

> 오늘 아침 내 앞에 홀연히 나타난 연꽃 한 송이, 막 피어나려는 봉오리 두 송이 //
>
> 약간 희미해진 몇 송이의 그림자들, 둥그런 잎사귀에 그늘져 짙고, 옅은, //
>
> 온통 초록인 세상을 배경으로 얼굴 조금 붉히며 다소곳이 서 있는 맵시가 영락없는 연꽃인데 //
>
> 이들이 700년 전 고려인이 보았다던 아라가야의 홍련, 그 꽃의 씨앗에서 얻었다는 환생의 꽃이라니…
>
> ──「아라가야의 홍련」 전반부

경남 함안의 지층에서 발견된 아라가야 시대의 연 씨앗이 700여 년의 시간을 딛고 고운 꽃을 피웠다. 기적 같은 그 홍련의 피어남을 달리 표현할 길이 없게 된 시인은 '환생'이라고 했다. 일본에서는 2,000년 전인 신석기 시대로 추정되는 연씨를 발견하여 연분홍의 연꽃을 피워 낸 적이 있었다. 이것은 시간의 차이이고, 차이만이 반복되어 돌아온다는 논리를 증명해 주는 것 같다. 현재는 과거로 대치되기도

하고 과거는 현재의 일로 재현되기도 한다. 우리는 적어도 문화적 관점에서 현재의 과거성을, 과거의 현재성을 발견할 때가 많다. 시인은 그 같은 연씨·연꽃의 시간에 감동한 나머지 텍스트의 후반에서 이렇게 토로한다.

해마다 이맘때쯤 붉은 황톳물에 발 젖던 낙동강 하구 함안 벌판, 그 연밭에서 잠시 등 구부려 //

편서풍에 몸 기대려던 순간 그만 무덤 같은 어둠 속으로 떨어진 씨앗 몇 알, 그 긴 잠 속에서 //

몇백 년 왕조가 무너졌다 하고 공룡 발자국 좇아 나무뿌리 풀뿌리들 화석이 된 날 있었으니 //

작은 것이 스스로 몸 낮추어 오래 버티는 법 알아 그 무심, 적멸寂滅을 꿈꾸었다니 //

어젯밤 내 헝클어졌던 꿈길 부끄러워 묻나니 부디, 깊이 잠드는 법 좀 가르쳐 주면 안 되겠니?

　　　　　　　　　　　　　　—「아라가야의 홍련」 후반부

시인의 심오하고 유장한 표현을 통해 시 읽기의 기쁨과, 가슴 깊이에서 울려오는 생명의 벅찬 감동을 맛본다. "몇백 년 왕조가 무너졌다 하고 공룡 발자국 좇아 나무뿌리 풀뿌리들 화석이 된 날" 있었고, "수백만 년의 시간이 물결로 부숴지고 밀리어 바위는 모래 되고 물고기 산으로 올라 화석된 날 있었기에"(「용꿈을 꾸다」) 시간의 반복은 그 넉넉한 힘으로 씨앗을 보듬고, 그 더운 사랑에 의해 생명은 계속

되는 것이다. 그 작은 연씨가 스스로 오래 버티는 법 알아 700년, 혹은 2000년의 잠에서 깨어나 무심의 꽃 피움을 본 시인은 "어젯밤 내 헝클어졌던 꿈길 부끄러움"에 적멸을 꿈꾸며 거듭 마음을 가다듬는다.

「오래된 길」(1, 2)은 로마를 찾아본 시간 여행을 형상화한 작품이다. 로마로 향한 모든 길은 차이의 반복에 의한 시간의 길에 다름 아니다. 시인은 로마 기행에서 고대 로마의 시간을 현재의 시간으로 재현해 가면서 길의 흐름을 언덕, 강, 산꼭대기, 밀밭, 오래된 마을과 같은 풍경의 고비마다 특별한 사연을 짚어내며 빼어난 감각과 문장으로 묘사한다(「오래된 길·1」). "모서리가 닳아 한 귀퉁이씩 뭉툭뭉툭 떨어져 나간 검은 돌밭 길을 복고풍 쌍두마차를 타고"(「오래된 길·2」) 로마의 오래된 길을 달리며 역사의 시간을 체험한 화자는 "덜컹거리고 흔들릴 때마다 한 세기가 지나갔다"라는 언술로 시간의 차이와 반복을 드러낸다.

길은 때로 이춘하 시에서 인생의 전환점이나 변곡점의 상징적 의미로 부각된다. 온갖 도정道程을 거쳐 온 화자는 갑자기 나타난 인터체인지 앞에서 길을 잃는다. 은유적 현실로 구사된 「인터체인지」는 결국 "어디로 가야 할까"라는 말로 요약된 길의 운명을 나타낸다. "고난도의 인생길만 남은" 인생의 인터체인지 앞에서 화자는 "길에게 길을 묻는" 막막한 처지의 막다른 운명에 봉착한다.

겨우내 얼어붙었던 땅덩이에 봄 햇살이 내려앉자

가장자리에서부터 녹아들기 시작한다

할머니는 과음으로 몸져누운 아버지를 위해
쌀뜨물에다 된장을 풀고 배추 고갱이를 뜯어 넣어
해장국을 끓이시면서 사람이나 땅이나 뜨거운 것이
들어가야 풀린다고 하셨다

화분에 심어 둔 봉숭아 꽃대에서 먼저 초록빛이
새어 나오더니 실꾸리처럼 둥글게 뭉쳐지면서
점점 부풀어 올라 분홍빛 꽃이 핀다

나의 중심에서 네가 피어나듯이

—「풀리면서 핀다」 전문

　길에 이끌리고 등 떠밀리어 막다른 삶의 운명에 봉착할
지라도 삶의 길은 관계의 작용으로 풀리고, 회귀의 심리적
보상으로 꽃을 피운다. 봄 햇살의 작용은 겨우내 얼어붙었
던 땅덩이를 녹이고, 어머니의 정성어린 뜨거운 해장국은
과음으로 몸져누운 아들의 숙취를 풀어낸다. 봄 햇살의 작
용으로 화분의 봉숭아가 꽃대를 길러내고 초록 잎새로부
터 뭉쳐져 오른 꽃망울을 부풀리어 마침내 분홍 꽃을 피워
낸다. 이 기적 같은 태양의 작용과 인간적 사랑의 작용은 언
땅을 녹이고, 죽은 듯한 가지에서 싹 틔워 꽃을 피운다. 그
같은 관계의 작용을 시인은 "나의 중심에서 네가 피어나듯

이"라고 압축한다.

어린 시절 경남 창원시의 고향 마을 '줄밭도랑'이 이른바 근대화 과정에서 기계 공업 단지로 수용되어 사라져 버린 사실을 지나칠 수 없어, 시인은 어른이 된 고향 마을 친구들과 뒤늦게 「줄밭도랑 옛터」라는 시를 써서, 고향 마을 줄밭도랑 유허비를 세운 것도 고향 땅과 사람, 곧 '너와 나'의 작용적 관계를 표상한 것이라고 할 수 있다.

4

이춘하의 시는 외면상 편안하게 읽힌다. 그것은 시인이 마련한 시적 장치들이 친밀감을 유도하는 구실을 넉넉히 해내고 있기 때문이다. 더디고 느린 듯한 늘임 문체와 전폭적인 의인화 기법, 말 걸기의 대화 형식 등은 해석의 지연을 유도하여 시 텍스트를 밀도 있고 친숙하게 읽도록 만든다. 그렇다고 그의 시가 쉽게 그 속내까지 드러내는 것은 아니다. 연상과 병치적 기조基調에 토대한 상상력은 세계에 대한 깊고도 유니크한 해석, 혹은 화가나 작가, 그림이나 소설 속의 인물과 풍경에 대한 재해석을 증폭시키기 때문이다. 시인의 이 같은 태도의 시학은 존재론적 관계의 작용, 시간과 사물의 반복이 빚어내는 실존적 감동과 생명의 은밀한 환희로 승화시켜 내었다. 긴장하는 인간을 존재의 심연으로 미끄러지게 하는 시인의 해학적 감각은 앞으로도 그의 시 세계를 한층 윤택하게 할 것이다.